KB008525

그라이아이

그라이아이

김혜빈 장편소설

편낸날 2023년 9월 14일

지은이 김혜빈
펴낸이 이광호
주간 이근혜
편집 윤소진 김필균 이주이 허단 방원경 유하은
마케팅 이가은 최지애 허황 남미리 맹정현
제작 강병석
펴낸곳 ㈜문학과지성사
등록번호 제1993-000098호
주소 04034 서울 마포구 잔다리로7길 18(서교동 377-20)
전화 02)338-7224
팩스 02)323-4180(편집) / 02)338-7221(영업)
대표메일 moonji@moonji.com
저작권 문의 copyright@moonji.com
홈페이지 www.moonji.com

© 김혜빈, 2023. Printed in Seoul, Korea

ISBN 978-89-320-4201-5 03810

이 책의 판권은 지은이와 ㈜문학과지성사에 있습니다.
양측의 서면 동의 없는 무단 전재 및 복제를 금합니다.

이 책은 2023년 목포문학박람회 박화성소설상
출판 업무 협약을 바탕으로 출간되었습니다.

그라이아이

Γραῖαι

김혜빈 장편소설

문학과지성사

2023년 박화성소설상 수상작

차례

프롤로그

돈과 미조와 다운, 세 노인은 오랜 시간 오늘을 기다렸다.

그들은 이제 막 완성된 묘실에 앉아 반짝이는 내부를 응시했다. 세 사람은 저희 손으로 이뤄낸 결실에 압도된 나머지 얼마간 말을 잃었다.

정사각형 석실 내부는 장정 백 명이 서 있어도 될 만큼 거대했으며 길쭉한 장대석을 쌓아 만든 벽면은 어둠 속에서도 은은히 빛났다. 아름다운 돔 형태의 천장은 석회와 자갈을 섞어 마무리했고, 정성 들여 잘라낸 화강암은 어느 곳을 만져도 매끄러웠다.

애정의 크기만큼 정교한 무덤이었다. 시기 역시 완벽했다. 묘는 정확히 예상했던 날에 맞춰 완공됐다. 이곳을 축조하는 동안 걸핏하면 손톱이 빠졌고, 발등과 손목은 으스러지다 못해 형체조차 알아보기 힘들었지만 여전히 이 무덤엔 그럴 만한 가치가 있었다.

돈이 침묵을 깨고 자리에서 일어섰다.

"그만 일어나. 엄마가 도착할 거야."

돈은 묘실 입구로 걸어갔다. 그곳엔 얼마 전 이탄지에서 건진 검은 야생마 사체가 놓여 있었다. 돈의 주름진 손이 말의 다리로 향했다. 쭉 뻗은 말의 사지는 아직 부드러웠다.

돈은 말의 목덜미에서 흐르는 흰 땀을 동생들의 얼굴에 펴 발랐다. 개구리알 같은 거품이 토탄과 함께 흘러내렸다. 미조와 다운은 음담을 즐기듯 서로의 깨끗해진 뺨을 응시했다. 돈이 야생마의 굳게 닫힌 입을 칼로 벌렸다. 뜨거운 김과 함께 선홍빛 혀가 쏟아졌다. 다운은 맏언니를 도와 말의 앞다리를 잡았다. 미조는 벌어진 말의 입안에 보리와 아마, 잡풀이 섞인 죽을 넣었다.

세 사람은 말의 사체를 끌고 묘실 동편으로 걸어갔다. 그곳엔 직사각형 형태의 작은 이탄지가 있었다. 그들은 말을 검은 늪, 이편과 저편을 잇는 검은 통로에 던졌다.

"이제 기다려야 해."

다운이 중얼거렸다. 미조는 돈의 가죽 망토를 흔들었다. 돈은 망토를 벗어 땅에 펼쳤다. 반으로 찢긴 가죽 망토는 수천 년 동안 이탄지 밑으로 내려온 물건 중, 엄마의 유일한 유품이었다.

세 사람은 시간을 죽이기 위해 엄마를 만나면 무엇을 할지 이야기를 주고받았다. 돈은 엄마의 포옹을, 미조는 엄마의 미소를, 다운은 엄마의 젖을 원했다. 그들은 부디 엄마의 가슴이 세 개이길 빌었다. 그래서 공평히 배부를 수 있기를, 오랜 허기를 달래기를 소망했다. 이탄지에 거품이 인 건 그때였다. 미조가 가장 먼저 늪 앞에 섰다.

"엄마야."

다운은 확신했지만 늪 앞으로 가기엔 용기가 부족했다. 돈은 동생을 데리고 미조 옆에 섰다. 세 사람은 늪 안으로 손을 넣어 이제 막 부상하는 작은 형체를 밖으로 건졌다. 그들의 엄마는 척 보기에도 몸집이 작았다.

미조는 엄마의 가냘픈 몸을 망토 위에 올려 놓은 뒤, 상반신에 쌓인 진흙을 긁어냈다. 모유로 가득 찬 큰 가슴이 깡마른 몸과 대비됐다. 자매들은 엄마와 자신들의 몸을 비교했다. 엄마의 목 아래 모든 기관은 온전했다. 하지만 머리는? 머리는 어디에 있지?

어리둥절한 언니들과 달리 다운은 젖을 찾아 고개 숙였다. 오랜만에 먹은 모유에선 흙 맛이 났다. 예상처럼 만족스럽지 않았다. 다운도 언니들처럼 멍해졌다.

혹시, 머리가 있어야 맛있나?

1부

주나

보그랜드

"이름은 백희라고 지었어."

문정이 말했다.

그녀는 유 박사가 아일랜드에서 보내온 사진들을 인화해 회의실 벽에 일렬로 붙였다. 와이드 숏부터 클로즈업 숏까지. 피사체는 백희 하나였다. 화이트보드엔 문정이 적어둔 가제가 나열돼 있었다.

가제 1. 유럽에 묻힌 선조를 찾아서

가제 2. 아일랜드의 동양 소녀

가제 3. 아일랜드 미라, 백희

주나가 알기로 가제 1, 2는 미끼였다. 문정은 가제 3을 다큐멘터리의 정식 제목으로 이미 내정한 상태였다.

"차 PD가 그럴걸. 아일랜드에서 발굴된 미라를 백희라 불러도 되는 거냐고."

주나의 말에 문정은 설마, 하면서도 미간을 찡그렸다. 얼마 지나지 않아 차 PD가 회의실에 들렀다. 그는 들어오자마자 화이트보드 앞에 멈춰 섰다.

"인생의 절반을 다른 대륙에서 보냈을 텐데, 백희라고 부르는 건 좀……"

"그거 유 박사가 붙인 이름이거든요?"

문정이 대꾸했다. 차 PD는 말없이 밖으로 나갔다. 주나는 그의 체크무늬 셔츠를 눈으로 좇았다. 뭐든지 한 번에 결정하는 문정과 달리 차 PD는 마지막까지 의심을 양분 삼아 산다. 주나는 차 PD의 그런 점을 좋아했다.

"PD님은 여전하시네."

"여전한 게 아니라 더 좆같아졌어. 매일 더 좆같아져."

문정은 금연 표지판을 무시한 채 전자 담배를 꺼냈다. 주나는 문정의 입에서 뿜어져 나오는 연기를 응시했다. 문정에 의하면 차 PD는 병신, 또라이, 창문도 제대로 못 여는 지질한 새끼였다.

"차 PD 걔, 벌레 들어오는 게 무서워서 환기도 못 해. 안 하는 게 아니라 못 해. 에어컨을 틀기에는 춥고, 그렇다고 창문을 닫고 있자니 답답한데 벌레 들어오는 건 싫다는 거야. 그래서 창 앞을 한참 서성이다가 결국 밖으로 나가. 그게 차 PD야. 그냥 병신, 또라이 새끼야."

몇 년 전에 그 말을 처음 들었을 때만 해도 주나는 문정의 말이 모두 맞는다고 여겼다. 그래서 네 말이 맞아, 다 맞아 문정아, 그렇게 받아치며 문정이 따라준 청하 위로 사이다를 부었다.

하지만 주나는 그날 이후 어쩐지 차 PD에게 내적 친밀감을 자주 느꼈다. 문정과의 술자리에서 소심하게 고백할 만큼.

"근데 문정아. 차 PD, 그거 완전 난데. 술은 마시고 싶은데 쓴 건 싫고, 그래서 그냥 술을 안 마시고 마는. 그러다 네가 부르면 제대로 말도 못 하고 청하 위에 사이다나 타 먹는 병신. 그거 완전 난데."

주나는 푸흐흐 웃었다. 그들이 마시는 술은 언제나 달콤했다. 문정은 이미 취할 대로 취해 주나가 무슨 말을 하는지도 모르면서 응, 응, 그렇지, 하다가 테이블에 머리를 박고 잠들었다.

주나는 오늘도 문정과 청하 위에 사이다를 타러 갈 참이다. 나흘 후면 문정은 차 PD와 아일랜드에 간다. 함께하는 이들은 현지 코디네이터와 기술 스태프 몇이 전부다. 그래도 책임자인 차 PD가 잘 이끌어준다면, 이번 다큐멘터리는 문정의 성공적인 입봉작이 될 것이었다.

주나는 문정이 붙인 사진들 앞에 섰다. 내키지 않았지만 문정의 열의에 보답하고 싶어서였다.

회의실 창으로 노을이 들이쳤다. 주나는 왼손을 둥글게 모아 사진 위로 손차양을 만들었다. 백희의 말라붙은 뺨 위로 어두운 핏빛이 돌았다. 잠이 든 것처럼 평온한 표정의 백희는 방사선탄소연대 측정 결과 기원전 432년에 사망했다. 아일랜드와 스위스 공동 연구팀은 백희가 유라시아 지역에 살았던 고대 아시아인이라 가정하고 끝없이 게놈 분석을 한 결과, 그녀가 남방계 아시아인, 더 정확히는 한반도에 거주했던 한국계 고대인이라는 사실을 밝혀냈다.

주나는 외신 기사를 통해 백희를 처음 봤던 순간을 떠올렸다. 발굴지는 올드 크로건맨이 발견된 미스주에서 얼마 떨어지지 않은, 킬데어주의 한 이탄지였다. 어느 늦은 일요일 아침, 토탄을 캐 연료로 쓰려던 농장주가 땅

깊숙한 곳에 묻힌 백희의 머리를 지상으로 끌어 올렸다.

기사에 따르면, 농장주 모나 오닐은 백희의 절단된 머리를 처음 발견했을 때 미친 살인마가 마을에 숨어들었다고 짐작했다. 모나는 어깨가 떡 벌어진 여자로 찡그린 콧잔등은 해에 닿아 붉었고, 오랜 시간 수확물과 대면한 이목구비에선 무뚝뚝한 기색이 흘렀다. 기자들은 그녀를 '침착한' '일관된' 등의 형용사로 수식했지만 주나의 생각은 달랐다. 모나는 사려 깊을 뿐 아니라 기민했다.

그녀는 한국에서 온 기자들이 자기 얼굴을 마음껏 찍도록 내버려뒀을 뿐 아니라, 지면으로부터 2.5미터 아래에서 발견된 이상한 형체를 죽은 짐승으로 착각하는 우를 범하지 않았다. 모나는 그게 사람의 머리라는 걸 단번에 알아차렸다.

현지 경찰에게 인도된 백희의 머리는 곧바로 부검실에 넘겨졌다. 이 머리의 주인이 그들과 동시대인이 아닐 거라고 여긴 이는 없었다.

그때까지 남자인지 여자인지도 불분명해 '이 불쌍한 사람'이라고만 불렸던 백희는 유전자 감식을 위해 피부 조직부터 채취됐다. 문제는 토탄을 거둬낸 이후였다. 공기 중에 노출된 백희의 피부는 부검실 조명 아래서 순식간에 물러졌다. 다행히 부검의인 키라 리드는 백희가 아일랜드에서 한때 빈번하게 발견됐던 늪지 미라임을 곧 알아차렸다. 키라는 거둬냈던 토탄을 다시 덮어 발굴된 머리를 온전히 보전했다.

백희는 부검의 사이에서 재밌는 술안주로 이리저리 씹히던 끝에, 『아이리시 인디펜던트』지 특집 기사에 「브랜드 뉴 보그 보디Brand New Bog Body」라는 이름으로 세상에 처음 알려졌다. 기사 제목에는 드러나지 않았지만, 본문을 꼼꼼히 읽어보면 백희가 동양계로 추정된다는 말이 명시되어 있었다. 백희의 이동 경로를 연구한 학자들은 그녀가 중국 북부 계통의 고대인일 거라고 추측했다. 심지어 이 소식을 일찍이 전해 들었던 국내 유일의 미라 연구가 유 박사 역시 마찬가지였다.

하지만 백희의 게놈은 기존에 발굴된 중국계 미라와 유전적으로 어떠한 유사성도 보이지 않았다. 유 박사는 공동 연구팀으로부터 협조 요청을 받은 뒤 백희와 고대인의 게놈을 대조 분석했다. 백희의 게놈은 한국에서 발굴된 고대인의 유전자와 높은 유사도를 보였다. 무엇보다 백희의 입에서 나온 음식물이 결정적인 증거였다. 그녀는 어떤 이유에서인지 곡물을 미처 씹지 않고 입에 머금은 채 죽었고, 입안에는 국내에서만 출토된 가와지볍씨와 동종 계열의 탄화미가 남아 있었다.

그 순간 백희는 완전한 한국인, 우리의 딸로 거듭났다. 유 박사는 국내 연구팀을 꾸려 아일랜드로 급히 떠났다. 약 2500년 전 미라, 백희를 만나기 위해서.

그는 차 PD를 비롯한 여러 방송사의 접촉을 기꺼워했다.

"백희를, 우리의 어머니이자 딸을 널리 알려주세요."

그것이 아일랜드에 백희의 소유권을 빼앗긴, 유 박사의 유일한 바람이었다.

주나는 백희의 목 아래, 마치 톱으로 썬 듯한 거친 절단면에서 시선을 돌렸다. 해는 금세 저물었다. 그녀는 선선한 바람을 맞고 싶어 창문 앞에 섰다. 습기를 머금은 바람이 피부 위로 감겼다.

"몸은 아직인 거지?"

주나가 물었다.

"곧 찾을 거야. 계속 발굴 작업 중이잖아."

문정은 현장에 있기라도 한 듯 자신만만했다. 방송사에서 제시한 3월 특선 다큐 일정에 맞춰 방영하기 위해선 늦어도 여름 안에 모든 촬영을 마쳐야 했다.

주나는 이미 문정이 원하는 만큼 필요한 정보를 수집하고, 구성 작가들을 다독여 다큐멘터리의 얼개를 만들어두었다. 그 이후에도 촬영팀이 찍어 온 소스들을 훑으면서 문정과 함께 바쁜 하반기를 보낼 것이다. 누가 뭐래도 그들은 가장 친한 친구이자 동료였다.

"이제 가자, 문정아."

주나가 문정의 바람막이를 챙기자 문정도 자리에서 일어섰다. 그들이 시급하게 처리해야 할 건 술. 무엇보다 술을 마시는 일이었기에.

*

평일에도 인디 밴드 공연이 끊이지 않는 무대륙의 대표 메뉴는 타이프라이드치킨과 피시앤칩스다. 주나는 무대륙 안에서도 천장이 오픈된 야외 공간을 좋아했다. 그들은 다소 불편한 자세로 의자에 등을 기댄 채 음식이 나오길 기다렸다.

"여긴 왜 청하가 없냐?"

문정이 물었다. 그녀는 와인과 스피리츠 사이를 넘나들다 결국 맥스 한 병을 주문했다. 주나는 '달광선'이라는 골든 에일 맥주를 시켰다. 그들에게는 2차가 남아 있었기에 안주는 평소보다 부족하게 주문했다.

문정은 모바일 게임을 하느라 바빴다. 주나는 문정이 자신을 앞에 두고 30분 정도 자기 할 일을 하는 건 아무렇지 않았다. 이제 와서 볼멘소리를 하기엔 함께한 시간이 너무도 길었다.

주나는 문정이 알려준 공유 메일 계정에 로그인했다. 발신인은 대부분 유 박사였다. 주나는 그가 이틀 전에 보낸 메일을 클릭했다. 메일은 짧은 문장으로 시작했다.

누가 이 소녀를 죽였을까요? 손상하기엔 너무 아름답습니다.

주나는 생각에 잠겼다. 그런가. 아름다우면 손상하기 어려운가. 아름다워서 손상하기 어렵든 그 반대든, 주나는 유 박사가 지나치게 감성적인 사람만은 아니길 빌었다.

감정이 현실을 가리면, 이를 재가공하는 사람은 자연히 수고스러워진다. 주나는 대학교에서 문정과 함께 첫 단편 다큐멘터리를 만들던 시절부터 지금까지, 아름다움에 매혹된 이들을 여럿 만났다. 주나는 그때마다 "너무 아름답지 않아?" 하고 묻는 사람들을 내심 경멸했다.

주나는 맥주를 한 모금 들이켰다. 꿀과 비스킷의 단맛이 혀끝에 감돌았다. 그녀는 유 박사가 보낸 메일을 역순으로 읽었다.

7/2

곧 진척이 있지 않을까 싶습니다. 벌써 2.7미터 가까이 늪을 퍼냈습니다.

[……]

공항엔 제 딸을 보낼 생각입니다. 그 애의 번호를 첨부해두었으니, 도착하면 전화 주세요.

6/18

[……]

다큐멘터리 구성을 어떻게 하실지 궁금합니다.

제가 영상 구성에 의견을 더할 수 있을까요?

6/3

[……]

오늘은 백희의 것으로 추정되는 옷을 발견했습니다.

다큐멘터리에 꼭 넣고 싶은 장면입니다.

주나는 휴대폰에서 눈을 뗐다. 그 시대에도 물론 옷이 있었다는 건 알았지만 구체적인 형태가 궁금했다.

"옷은 뭐로 만들었대? 들은 거 있어?"

"옷?"

"백희 옷 말이야."

문정이 아, 했다.

"옷 같은 건 흔하게 나오지."

"그래서 뭐로 만들었는데, 짚?"

"인피섬유를 썼겠지. 아마 줄기 같은 거. 너 리넨 좋아하잖아. 그게 아마로 만든 거야."

문정은 띄엄띄엄 말했다. 주나는 인피섬유가 무엇인지 검색했다. 인피섬유는 대마와 아마 같은, 줄기 바깥 조직이 잘 발달한 식물에서 추출한 섬유였다. 주나는 베란다에 포대째 놓아둔 작물 더미를 떠올렸다.

"아빠가 아마씨 보내줬는데 오늘 좀 가져갈래?"

아마 줄기는 잘 몰랐지만 아마씨라면 익숙했다. 그건 해마다 시골에서 올라오는 작물 중 하나였다. 조잡하게 만든 농산물 품질 관리표엔 언제나 '뇌졸중, 암 위험 감소'라는 글자가 펠트펜으로 적혀 있었다.

문정은 건성으로 고개를 저었다.

"밤에 일해야 해. 나중에."

"바쁘면 내가 너희 집에 두고 나와도 되고."

문정은 애매하게 고개를 끄덕였다. 그러다가 불쑥 눈을 마주쳤다.

"차 PD도 여기 근처라는데, 같이 마실래?"

타이밍 좋게 피시앤칩스가 나왔다. 주나는 감자튀김 하나를 집었다.

"안 될 거 없지."

그녀는 푸흐흐 웃었다.

당장이라도 도착할 것처럼 굴던 차 PD는 한 시간이 지나서야 얼굴을 들이밀었다. 그는 태연한 얼굴로 문정 옆에 앉았다. 막 씻고 나온 건지 머리카락 끝이 축축했다. 주나는 빈 잔을 테이블 구석으로 밀었다. 서버가 그릇을 치우는 동안 차 PD가 주나의 옷을 가리켰다.

"비싼 옷 입었네요."

축이 뒤틀린 비대칭 피케 셔츠가 주나의 상체를 조였다. 차 PD는 이 작가가 은근 그런 데 감각이 있다며 감탄

했다. 정말이지, 은근.

"어쩐지 관심이 가서요."

"잘 어울리면 됐죠."

차 PD가 대꾸했다. 대화는 그것으로 끝이었다. 그는 맥주를 마시며 문정과 함께 아일랜드 일정에 관해 이야기를 나누었다. 두 사람만 아는 이야기가 이어지자 주나는 이미 읽은 메일함을 한 번 더 뒤적이고, 아무도 말을 걸지 않는 카톡방에 들어갔다가 소득 없이 나왔다.

그녀는 차 PD를 내심 좋아하면서도, 그의 무신경함만큼은 도무지 익숙해지지 않았다. 이러니 문정이 싫어하지. 지겨울 정도로 사람 속을 긁어놓으니까. 하지만 그런 문정마저도 차 PD를 완전히 미워하지 못했다. 그가 돈 안 되는 교양 방송에 터를 잡은 이후로 꾸준히 인맥을 넓혀 왔기 때문이다. 차 PD가 헛소리를 해도 언제나 결정권을 가진 이들이 나타나 걔가 그럴 애가 아니라며 두둔했다.

"방송국에서 잔뼈가 굵었다는 건 칭찬 아니야. 그걸로 충분할 것 같아? 그건 그냥 오래 일한 사람들끼리 하는 자위나 다름없어. 차 PD 걔는 감이 좋아. 마흔 넘어서까지 그러기 쉽지 않아."

주나가 막 방송국 막내 타이틀에서 벗어났을 때, 선배

작가 중 하나는 차 PD를 그런 식으로 변호했다. 차 PD는 주나가 보기에도 주변에 능력 있는 사람들을 두고 그들을 적재적소에 추천할 줄 알았다. 드라마, 예능 쪽 관계자는 물론이고 유명 연예인들과도 연줄이 있었다. 주나가 장편 다큐멘터리 메인 작가 롤을 비교적 빠르게 맡을 수 있었던 것 역시 지금까지 차 PD와의 관계를 유지했기 때문에 가능한 일이었다.

"이제 일어나죠."

차 PD가 다 마신 맥주잔을 밀었다. 그는 말릴 새도 없이 술값을 계산했다.

2차는 방송가 유명 맛집에서 이뤄졌다. 세 사람은 골뱅이소면무침이 기가 막히다는 술집에 앉아 느릿느릿 대화를 나눴다. 할 말이 많지 않았던 주나는 주로 아, 그렇죠, 따위의 추임새를 곁들였다.

차 PD가 문정의 술잔에 소주를, 주나의 술잔에 청하를 반쯤 따랐다.

"이 작가님, 이번 기획 기대되시죠?"

"네, 뭐."

주나는 얼버무렸다. 유럽에서 한국계 미라가 발견된 건 분명 희귀한 일이었다. 이미 뉴스에서도 여러 번 단독

보도됐다. 차 PD는 다큐멘터리가 만들어지면 지금보다 더 큰 반응이 있을 거로 예상했다.

"미라에 관심 없는 사람들도 백희 얘기만 나오면 말이 많아져요."

차 PD는 다큐멘터리 방영 시기를 이번 겨울로 당기고 싶어 하는 눈치였다. 그의 말에 따르면, 사람들은 백희가 어떻게 그 먼 아일랜드 땅까지 갈 수 있었는지 궁금해했다. 차 PD가 말하는 사람들이 커뮤니티나 SNS의 하드 유저들임을 알고 있으면서도, 주나는 마음이 혹했다.

차 PD는 검색창에 백희의 이름을 써 넣었다. 새로고침을 할 때마다 새로운 글이 나타났다. 그들은 백희의 머리가 어째서 잘렸는지, 혹시 누군가에게 나쁜 일을 당한 건 아닌지 세세하게 알길 원했다. 문정은 '근데, 그때도 배가 있었어?' 하고 묻는 댓글을 손가락으로 짚었다.

"그러게. 그때도 배가 있었나?"

"그럼, 있었지. 이거 봐요."

차 PD는 아일랜드 선사시대 유물 몇 점을 보여주었다. 길쭉한 침엽수처럼 생긴 배는 깊이가 얕아 약한 물살에도 금세 뒤집힐 듯했다. 그들에게 필요한 건 백희가 정확히 어떤 배를 타고 아일랜드로 향한 것인지 자문해줄 사람이었다. 차 PD와 문정의 대화는 끊임없이 이어졌다.

주나는 차 PD의 휴대폰에서 얼굴을 떨어뜨렸다. 장면과 장면 사이의 단절을 숨겨놓다가 불현듯 이 모든 게 만들어진 현실이란 사실을 자각하게 만드는 게 픽션의 특성이라면, 다큐멘터리의 생리는 정반대로 돌아갔다. 술자리 역시 일할 때와 쉴 때의 구분이 명확하지 않아 주나는 급격히 피로해졌다.

때마침 주진에게서 전화가 왔다. 문정이 동생이야? 하고 물었다. 주나는 고개를 끄덕였다. 차 PD의 시선이 주나에게로 쏠렸다.

"가족이에요?"

"네, 남동생이에요."

차 PD는 어깨를 으쓱였다.

"지금 당장 일어날 건 아니죠?"

차 PD는 아직 집에 갈 기분이 아닌 듯했다. 주나는 잔을 비운 뒤 청하를 다시 따랐다.

"그럼요. 그래서 자문할 곳이 어디라고요?"

차 PD는 주나의 질문에 기쁘게 답했다. 편성 일자가 당겨진다는 건 이번 기획이 중요하다는 것이고, 그건 필요한 예산과 인력이 여기서 더 늘어날 수도 있다는 의미였다. 주나는 문정이 어떻게든 무사히 입봉하기를, 그래서 이 지긋지긋한 바닥에서 조금이라도 더 높이 부유하기를 바랐다.

주나는 계속해서 걸려 오는 주진의 전화를 무시하다가 아예 전원을 껐다. 문정이 씩 웃었다.

"잘했어, 이주나. 이래야 불복종의 아이콘이지."

"나도 할 때는 해, 알잖아."

문정이 웃으며 분위기를 띄웠다.

"그래, 너 복싱도 배웠잖아. 잽, 잽 요새도 해?"

주나는 고개를 끄덕였다. 차 PD가 의외라는 표정을 지었다. 주나는 손마디에 남은 상처를 쓰다듬었다.

모든 이에게 순종적으로 구는 듯싶다가도, 한번 돌발행동을 시작하면 멈추지 않는다. 여덟 번 병신처럼 굴다가 한 번 툭, 치기. 그게 주나가 살아가는 방식이었다.

차 PD는 주나를 물끄러미 보다가 다시 백희 이야기를 이어갔다. 방영 시기가 앞당겨질지도 모른다는 희망 사항은, 점차 올겨울에 꼭 방영해야 한다는 확신으로 바뀌었다.

"흐름을 놓치면 안 되잖아요. 그렇죠?"

차 PD가 물었다. 문정은 평소보다 들뜬 얼굴로 고개를 끄덕였다. 차 PD는 할 수 있는 대로 힘을 써보겠다고 약속했다. 어느덧 가게 안엔 남아 있는 손님이 몇 없었다. 문정은 자기가 화장실에 다녀온 후에 그만 나가자며 자리에서 일어섰다. 차 PD가 주나에게 불쑥 물었다.

"근데, 이 작가는 자존심 안 상해요?"

"자존심이요?"

"이 작가랑 문정이 사이요. 여전히 그런 관계인 게 나는 신기해서."

주나는 그가 하는 말에 당황하지 않았다. 차 PD가 이런 얘기를 꺼낸 건 처음이 아니었다. 그는 문정과 주나를 처음 봤을 때도 두 사람의 관계가 여느 친구 사이와는 다르다며 지적한 적 있었다. 주나는 모른 척 물었다.

"그런 관계가 뭔데요?"

"강압적인 부모와 순종하는 자식 같잖아요. 그렇게 폭력적인 관계는 어느 한쪽이 도망치기 전엔 안 끝나요. 알죠?"

대학을 졸업하고 상업 스태프 일을 찾아다니던 시기에 주나랑 문정은 마치 세트처럼 여러 현장을 오갔다. 문정이 일하다가 힘에 부치면 주나가 항상 그 자리에 대타로 들어갔다. 어느 날 차 PD는 문정의 지원 요청에 번번이 휘둘리는 주나를 따로 불러냈다.

"문정이가 그렇게 좋아요?"

주나는 뜨거운 아스팔트 주차장에 시시 흘러내리는 땀을 닦았다. 열기에 쏘인 발목이 따끔했다. 연출부 사람들은 구석에서 담배를 피우며 차 PD와 주나를 대놓고 주시하고 있었다.

"입봉은 할 거죠? 메인 작가 하고 싶다면서요. 맨날 문정이 도와주다가 보조 작가로 끝낼 거 아니죠?"

주나는 차 PD의 질문에 네, 네, 아뇨…… 하고 대꾸했다. 이어 차 PD가 커피를 권했지만 주나는 거절했다. 그날의 대화는 그것으로 끝이었다. 주나는 주차장을 벗어난 뒤 설명할 수 없는 굴욕감을 느꼈다. 그 뒤로도 문정과 함께했지만 그때마다 모멸감이 따라붙었다. 주나가 보기에도 문정과 자신은 정상적인 친구 관계가 아니었다. 이 주나와 차문정 사이에는 설명할 수 없는 위계가 있었다. 문정은 자기 기분이 내키는 대로 주나에게 상냥하게 굴다가도 돌연 싸늘하게 몰아붙였다. 주나도 그런 일이 불편할 때가 있었지만, 그렇다고 문정이 자신을 정말 싫어하는 것도 아니었기에 차츰 절친의 냉대에 무뎌졌다.

무엇보다 문정은 주나가 자기를 필요로 할 때면 언제

든 주나의 곁을 지켜주었다. 그러니, 차 PD는 아무것도 모르는 주제에 함부로 그들 관계를 평가한 것이다.

그런데 그날로부터 오랜 시간이 지난 지금, 차 PD는 또다시 주나에게 묻고 있었다. 왜 아직도 그러고 살아?

주나는 끈적거리는 나무 테이블에서 손을 내렸다. 이 주나와 차문정의 관계는 정말 폭력적인가. 하지만 그렇다고, 그걸 대놓고 따져 묻는 건 폭력이 아닌 건가……

고작 몇 년 본 게 다인 주제에, 원래 멀리 떨어져 있는 사람이 큰 그림을 보는 법이라며 충고를 가장해 뺨을 치면서. 짝, 짝 소리가 날 때까지 때린 뒤엔 아직도 안 울고 있네. 너도 병신이니? 하고 뚫어져라 바라보면서.

주나는 식탁 위 말라붙은 고춧가루를 검지로 밀었다. 차 PD는 여전히 주나의 대답을 기다리고 있었다. 그건 주나가 익히 알고 있던 육체적 폭력이 아닌 정신적 폭력에 가까웠다.

"저는 백희가 당한 일이 더 끔찍하다고 생각하는데요."

주나의 말에 차 PD가 고작, 하며 말문을 열었다.

"고작 간 핵심이 그거예요?"

"그럼 차 PD님이 원하는 답은 뭔데요?"

"뭐가 더하고 뭐가 덜하다가 아니라, 누군가 불행했다

는 사실이 중요하죠. 우리가 왜 여전히 비슷한 잘못을 반복하며 살고 있는지 아는 게 핵심이라고요."

"그 이유를 안다고 막을 수 있어요?"

"아니라고 해도 해야죠. 그러려고 사는 거 아니에요?"

"아닌데요. 저는 사람이 사람을 뼈가 부서지도록 때리면 안 된다고, 그걸 알려주기 위해서 사는데요."

차 PD가 한숨을 쉬었다. 그는 낮은 음성으로 말을 이어갔다.

"뭐가 됐든 주나 씨가 메인 작가면 메인 작가 롤에만 충실히 해요. 친구 도와주겠다면서 괜한 짓 하지 말고. 어찌 보면 이렇게 떨어져 있는 이번이 기회니까 자기들 관계 좀 돌아보고요."

차 PD는 진심으로 걱정하는 기색이었다. 그때 문정이 돌아왔다. 늘 그랬듯이 아무것도 모른다는 얼굴로. 문정은 곧바로 가방을 챙겼다.

"왜들 멍하니 있어? 이제 가요."

주나는 기다렸다는 듯 자리에서 일어섰다. 차 PD도 그 뒤를 따랐다. 세 사람은 가게를 나오는 동안 아무런 대화도 하지 않았다. 그들은 대로를 따라 걷다가 버스 정류장 근처 사거리에서 헤어졌다.

문정은 버스를 타기 전 주나에게 집 비밀번호는 바꾸지 않았으니, 언제든지 와도 좋다고 했다. 그녀는 술에 취했으면서도 내일 준비할 자료가 있다며 꿋꿋이 회의실로 돌아갔다.

주나는 문정의 등에 대고 손을 흔들었다. 차 PD가 탄 택시가 뒤늦게 멀어졌다. 집까지는 거리가 있었지만 주나는 걷고 싶었다. 그녀는 걷고 또 걸었다. 집으로 돌아가는 내내 차 PD가 술자리에서 했던 말이 떠올랐다.

주나는 새벽 두 시가 넘어서야 집에 도착했다. 주진이 어둠 속에서 그녀를 맞이했다. 그의 손에는 면접 예상 질문지가 들려 있었다.

"아직 결과 안 나왔나?"

"최종 면접은 다음 주야."

주나는 기억나는 척 나도 알지이 하고, 말끝을 흐렸다. 주진은 5년간 다니던 회사를 그만두고 이직 준비를 시작한 이후 부쩍 잠이 줄었다. 그는 이번 이직에 성공하면 전주에 위치한 공기업에 다니며 자기 삶을 꾸릴 예정이었다.

주나는 의지할 곳이라곤 둘밖에 없는 삼십대 남매가 서로에게서 멀어지게 되자 은근히 기쁘면서도 떠날 채비를 하는 주진을 마주할 때면 설명할 수 없는 불안을 느꼈다.

주나는 숨을 고르기 위해 식탁 앞에 앉았다. 그녀는 주진이 어서 자기 방으로 들어가길 기다렸지만 주진은 주나의 반대편에 자리 잡았다.

“문정 누나랑 술 마신 거야?”

“나한테 또 누가 있겠어.”

주나의 인간관계는 열 손가락으로 꼽을 수 있을 정도로 단순했다. 대화는 그것으로 끝이었다. 주진이 느릿느릿 자기 방으로 돌아가자 주나도 무거운 몸을 일으켜 화장실로 향했다. 머릿속에선 여전히 차 PD가 했던 말이 맴돌았다.

‘아니라고 해도 해야죠. 그러려고 사는 거 아니에요?’

샤워를 마친 뒤 침대에 눕자 온몸이 두드려 맞은 듯 무거웠다. 주나는 백희의 잘린 머리를 떠올렸다. 메마른 뺨과 곤히 감긴 눈꺼풀이 눈앞에 있듯 생생했다.

주나는 사라진 백희의 몸을 상상해보았다. 레고 조각을 끼우듯, 얼굴에 어울릴 만한 몸을 찾아 조합했다. 어떤 몸은 머리에 비해 지나치게 덩치가 컸고, 어떤 몸은 뼈대가 빈약했다. 결국 완벽히 어울리는 몸은 없었다.

주나는 유 박사가 백희의 몸을 하루빨리 찾아내길 바

랐다. 그것으로 주나 역시 얼마간 완전해진 기분을 느낄 수 있을 것 같았다.

꼿꼿이 서서

1985년. 주나는 위로 죽은 아들이 둘 있는 집의 장녀로 태어났다. 어릴 때부터 사소한 잔병치레가 잦았던 주나의 몸은 자랄수록 크고 작은 문제를 겪었다. 놀이터에 나가 놀 때면 팔이 부러졌고, 차에 타는 날엔 꼭 추돌 사고가 났다.

산신동자를 모시는 무당의 말에 따르면 주나는 죽은 아기 오빠들에게 귀중한 것을 빼앗기고 앞으로도 빼앗길 팔자였다. 그것이 운이든 재물이든 상관없이.

"그래도 무슨 방법이든 주셔야 하지 않겠어요?"

주나 엄마는 해줄 게 없으니 그냥 돌아가라는 무당의 손을 붙들었다. 무당은 마지못해 부적 하나를 써주면서 얼마 안 되는 복이라도 잡으려면 딸의 얼굴에 있는 흉점을 모두 없애라고 조언을 덧붙였다.

주나 엄마는 집으로 돌아가는 길에 홀로 상경한 남편을 떠올렸다. 전주 토박이로, 어릴 적부터 점이 너무 많아 점박이라 불리던 남자였다.

'어쩌다가 내가 그런 놈을 만나서. 어쩌자고 내가 그런 점만 많은 새끼를……'

주나 엄마는 어린 주나를 생각하며 눈물을 훔쳤다. 딸이 중학교에 입학하기 전 아이 얼굴에 난 모든 점을 없애겠다고 다짐했지만, 시간이 갈수록 그 같은 열망도 사그라들었다. 주나가 초등학교 4학년이 됐을 즈음엔 크고 작은 사고들도 하나둘 줄어, 공연히 해도 그만 안 해도 그만인 일에 돈을 쓰는 건 아닌가 싶었다.

그해는 막내 주진이 초등학교에 입학한 해이기도 했다. 피부과를 서성이던 주나 엄마는 결국 딸의 점을 빼는 대신 그 돈으로 아이들에게 맛있는 음식을 먹이겠다고 결심했다. 그 당시 그녀에게 닥친 가장 큰 문제는 남편이 보내오는 생활비였다.

그는 여유가 있는 달은 걱정스러울 정도로 많은 돈을 보냈지만, 어떤 달은 한 푼도 보내지 않았다. 그가 보내오는 돈엔 규칙이 없었다. 주나 엄마는 시간이 갈수록 안정되기는커녕 그의 수입이 끊길지도 모른다는 불안에 휩싸였다. 지금이라도 일을 시작해야 하나. 그러면 누가 아이들에게 밥을 차려주지?

언젠가부터 주나 엄마는 혼자 창가에 서서 하교하는 아이들을 보는 시간이 늘었다. 이따금 마트에서 사 온 소주를 마시는 것만이 유일한 행복이었다. 대낮부터 막걸리를 밥그릇에 따르던 친엄마처럼은 되고 싶지 않았기에, 나름의 규칙도 정했다. 정말 참을 수 없을 때 딱 한 잔만 마시기로. 알코올의 싸한 기운이 목구멍을 건드릴 때면, 그녀는 한결 나아진 표정으로 남매를 맞이할 수 있었다.

주나 엄마는 아이들이 전혀 눈치채지 못할 거라 생각했지만, 주나는 엄마가 혼자 있을 때면 술을 마시곤 한다는 걸 꽤 오래전부터 알고 있었다. 들키지 않기 위해 물컵에 따른 술은 시간이 지날수록 그 양이 점점 늘어갔다. 엄마가 그 물컵을 모두 비운 날이면, 주나는 자신의 불행한 유아기를 처음부터 끝까지 들어야 했다.

"주나야, 아니? 넌 밥을 먹다가도 이가 빠지는 애였어. 점쟁이가 네 팔자 고치려면 점부터 빼라고 했는데, 그 돈으로 너희들 키우느라 못 해줬어. 그게 지금도 너무 미안해.”

엄마는 주나를 붙잡고 울음을 터뜨렸다. 그것이 주나가 겪은 첫번째 폭력이었다. 주나의 안식처는 점차 학교가 되었다. 그녀는 도서실에서 자주 책을 빌렸다. 젊고 예쁜 사서 선생님에게 때때로 흠 없는 모정을 기대하기도 했다.

평소처럼 도서실에 들렀다가 하교한 어느 날, 주나의 엄마가 주나를 식탁으로 불렀다. 따스한 오후였고 식탁에는 익숙한 물컵이 놓여 있었다. 가을이 무르익을 만큼의 시간이 흐른 뒤라, 주나는 엄마의 음주에 어느 정도 적응한 터였다.

주나는 도서관에서 빌린 『어린이를 위한 그리스 로마 신화』를 식탁에 올려둔 뒤 양말을 벗었다. 주진은 축구 교실 때문에 귀가가 늦었다. 엄마는 더는 숨길 이유가 없다는 듯, 그날따라 물컵 가득 소주를 따랐다. 그 위에 맥주를 붓자 거품이 잔 위로 보글보글 솟았다. 주나는 콜라와는 다른 거품이 올라오는 잔을 뚫어져라 바라봤다.

신화에 따르면, 술의 신 디오니소스는 맨발로 포도를 으깨어 술을 만들었다고 했다. 그렇다면 맥주도 보리를 밟아 만드는 걸까? 그 보리는 조금 전 삽화에서 본 데메테르가 관장하는 땅에서 난 것이 분명했다. 주나는 창밖의 붉게 물든 단풍을 보았다. 문득 가을에 마시는 맥주 맛이 궁금했다. 엄마가 주나에게 물었다.

"주나야, 네가 봤을 땐 어때? 아빠 요새 안 이상해?"

주나에게 아빠는 책 속 등장인물과 다를 바가 없었다. 가끔은 먼 친척 같기도 했고, 또 며칠 같이 있다 보면 진짜 아빠처럼 느껴지기도 했다. 확실한 건 그해 사업이 기울면서 아빠의 연락이 뜸해졌다는 것이었다. 주나는 아무것도 모르는 척 호기심 어린 눈으로 맥주를 봤다.

"그건 무슨 맛이야?"

주나는 처음으로 술맛이 궁금해졌다. 엄마는 수저통에서 숟가락 하나를 뽑아 그 위에 맥주를 따랐다.

"프랑스에선 다섯 살부터 와인을 마신대. 그러니……"

엄마가 푸흐흐 웃었다. 주나는 엄마가 생략한 말이 무엇인지 짐작하고 고민할 겨를 없이 숟가락을 받았다. 그것은 유럽이 용인한 음주였다.

주나는 입안으로 들어오는 알싸한 감각에 깜짝 놀랐다. 쓰고, 시고, 텁텁한 맛이 혀끝에 감돌았다. 하지만 온전한 맛을 느끼기에 한 숟가락은 터무니없이 적었다.

주나는 엄마에게 숟가락을 다시 내밀었다.

"그래서 아빠가 뭐 어쨌다고?"

그날 주나와 엄마는 주진이 친구 집에서 저녁을 먹고 돌아올 때까지 식탁에 마주 앉아 술을 마셨다. 꽤 여러 번 숟가락을 핥았지만, 어쨌든 숟가락은 숟가락이었기에 주나는 조금 어리둥절한 정도로만 취했다. 주나는 곯아떨어진 엄마를 보고 무서워하는 주진을 달래며 엄마와 동생 사이에 누웠다. 그러다가 데메테르를 그리워한 페르세포네처럼, 격정적으로 엄마의 옆구리에 파고들었다.

'만약 저승의 신 하데스가 나를 납치한다면, 엄마는 날 구하러 올까?'

주나는 초경이 지나면 아이를 임신할 수 있게 된다는 당연한 사실이 비밀에 부쳐진 날부터, 물음표의 여부를 중시했다. 물음표를 붙여 묻는 건 소원이나 바람과 관련된 질문이었다. 물음표가 붙지 않는 질문은 답이 뻔한 자문에 가까웠다.

'엄마는 나를 구하러 올까?'

'그 위험한 남자에게서 나를 구하러 와줄까……'

주나는 알알이 붙은 보리 이삭을 떠올렸다. 손가락으로 훑으니 보리알이 우두둑 뜯겨 땅으로 떨어진다. 돌연 땅에 큰 구멍이 생긴다. 주나의 몸이 지하로 떨어진다. 주나는 어둠 속에서 눈을 뜬다. 그곳엔 매력적인 저승의 신이 서 있다. 그가 주나를 탐한다……

깊은 새벽, 주나는 엄마의 옆구리에서 점차 떨어져 나왔다. 한 뼘도 안 되는 거리는 죄책감의 크기만큼 깊었다.

*

"하나, 둘. 하나, 둘."

관장의 익숙한 구령 소리가 비좁은 실내를 메웠다. 발밑으로 느껴지는 에바롤 매트는 단단했다.

문정과 차 PD가 아일랜드로 떠난 후, 주나는 바쁘단 핑계로 멀리했던 체육관에 오랜만에 들렀다. 짧은 스트레칭 후, 줄넘기를 시작하자 점차 땀이 났다.

처음 복싱을 시작한 이유는 단순했다. 방송국에서 만난 한 스태프로부터 요새 누가 복싱을 하느냐는 말을 들은 후, 충동적으로 집 근처 체육관에 등록했다. 반쯤은 반항심 때문에 내린 결정이었지만 미트를 치는 소리에 중독된 지 벌써 2년째였다.

구석에서 몸을 푸는 사이, 문정에게서 메시지가 왔다. 대화창엔 '도착했어. 딸이 전화를 안 받아서 유 박사랑 연락 중.'이라는 간단한 문구와 함께 문정이 찍은 더블린 국제공항 사진이 올라와 있었다.

문정의 메시지가 이어졌다.

—그런데 유 박사가 촬영을 며칠 보류하고 싶대.

주나의 손가락이 멈췄다. 예상하지 못한 전개였다.

—이유는 말 안 해?

—응. 완전 미친 것 같아. 회의가 길게 잡혀 있어서 계속 연락을 못 했다는데, 목소리가 좀 이상해.

예산이 늘어난 만큼 방송국에서는 최대한 많은 카메라맨을 동원했는데, 항공료도 건지지 못하는 건 말도 안 됐다. 주나는 우선 더블린 시내 인서트부터 딴 뒤, 백희가 발굴된 이탄지를 방문하라고 조언했지만 문정은 아무런 대답 없이 대화창에서 사라졌다.

주나는 불안한 마음을 애써 달랬다. 유 박사가 무슨 생각인지는 몰라도, 이제 와서 촬영을 접자고 하진 않을 것이다.

주나는 프라이즈링 글러브 10온스를 끼고 샌드백 앞에 섰다. 오늘은 아무래도 길게 운동하긴 어려울 듯했다.

서둘러 집으로 돌아가 문정의 연락을 기다리는 편이 여러모로 나아 보였다.

"주나 씨, 오랜만에 스파링 좀 할래?"

관장의 등 뒤에는 몸집이 작은 남학생이 서 있었다. 보통 스파링 상대는 같은 성별일 때가 많지만, 체구가 맞는 경우 남자와 할 때도 있었다.

"일하러 가야 해서 1라운드밖에 못 하는데 괜찮아요?"

천천히 고개를 끄덕인 남학생은 3개월밖에 배우지 않은 초보였다. 주나는 샌드백과 스파링을 저울질하다가 링 위로 올라갔다.

경기가 시작되자 주나는 연속으로 유효타를 냈다. 오랜만에 느끼는 타격감이었다. 심장이 두근거리고 아드레날린이 솟았다. 남학생은 코너로 몸을 물렸다. 관장은 링 안에서 남학생을 집중 코치했다.

"더 붙어, 아니, 지금 몸을 숙여야지!"

주나가 남학생의 가슴팍을 주먹으로 가격했다. 명치 부근이 눌렸는지 남학생이 신음을 흘렸다. 때를 놓치지 않고 남학생의 얼굴을 연속으로 내려쳤다. 주나는 점차 글러브가 답답해졌다. 그녀가 헤드기어를 고쳐 쓰는 사이, 남학생이 처음으로 유효타를 냈다. 퍽, 소리가 날 만큼 힘이 들어간 공격이었다.

관장은 놀란 얼굴로 남학생을 저지했다. 주나는 얻어맞은 옆구리를 확인한 뒤 괜찮다는 의미로 손을 흔들었다. 남학생은 멈추지 않고 주나의 머리를 향해 레프트 훅을 날렸다. 그 주먹을 피하느라 주나가 링 바닥으로 넘어졌다. 관장이 남학생을 뒤쪽으로 밀치자 그가 헤드기어를 벗어 던졌다.

“왜 저만 말려요. 저 누나도 때렸는데.”

주나는 자리에서 일어섰다. 다른 코치들이 주나에게 다가와 상태를 살폈다. 주나는 괜찮다고 말한 뒤 링 아래로 내려왔다. 조금 전 맞은 옆구리에서 뒤늦게 통증이 느껴졌다. 주나는 흐르는 땀을 닦았다. 그사이 주진에게서 연락이 왔다.

—나 면접 때문에 지금 기차역. 내일 저녁에 봐.

주나는 잊고 있던 주진의 면접을 떠올렸다. 등 뒤에서 관장이 사과를 건넸다. 주나는 가방을 챙겨 체육관을 나섰다. 문정의 집에 아마씨를 두고 올 생각이었다.

*

어린 주나가 아빠와 다시 함께 살게 된 건 폭설이 예고된 어느 해 12월이었다. 주나와 주진을 포함한 네 명의 가족은 일산의 28평 아파트로 이사한 뒤 얼마간 어색한 화합의 시간을 보냈다. 떨어져 산 이후 9년 만의 합가였다. 항상 아슬아슬하던 아빠의 사업은 그즈음 나름의 균형을 찾았다.

새로운 동네에 익숙해지기도 전에, 주나는 중학교에 입학했다. 처음에는 누구와 어울려야 할지 갈피를 잡을 수 없었다. 낯선 사람과 잘 지내지 못하는 소심한 성격을 제외하더라도, 중학교 1학년은 여러모로 복잡한 시기였다. 이제 막 교복을 산 아이들은 예비 소집일부터 소리 없이 갈라졌다.

남자와 여자, 엄마가 입혀주는 대로 입는 애와 아닌 애들이 각각 나뉘었다. 주나는 그중에서 조용하고 착한, 엄마의 촌스러운 딸이었다. 얼굴에 있는 수많은 점 때문에 친구들 사이에서 달마시안이라는 별명을 얻었다.

주나는 그 별명을 들어도 슬프지 않았다. 애니메이션 속 달마시안은 귀여운 강아지였다. 주나는 어렵게 용기를 내 이미 만들어진 그룹에 들어갈 수 있었다. 아직 우리와 너희의 경계가 그리 심하지 않은 3월이라, 아이들은 타지에서 온 주나를 그럭저럭 친구로 받아들였다. 무엇보다 주나는 그 반의 달마시안, 좋은 의미로든 안 좋은 의미로든 눈에 띄는 아이였다.

이후 주나는 같은 무리에 속한 아이들과 곧잘 어울려 다녔다. 집 방향이 같은 은서와는 같이 하교를 하기도 했다. 둘은 중간고사가 끝나면 기말고사를, 기말고사 뒤엔 여름방학 선행 학습을 두려워했다. 은서는 툭하면 수학은 어째서 어려운 건지 불평했다. 주나는 그런 은서와 있을 때면 마음이 편안했다.

비가 많이 내리던 하굣길. 둘은 접이식 우산 하나를 나눠 쓰고선 여름방학 계획에 대한 이야기를 나누었다. 그들은 소수 그룹으로 수학 과외를 받을 예정이었다. 점수도 점수였지만, 친구들과 이울릴 수 있는 좋은 기회였다. 은서가 또 누구를 과외에 초대할지 고민하는 그때, 무언가가 주나의 우산을 가격했다.

처음엔 나뭇가지인 줄 알았다. 그러나 충격은 계속 이어졌다. 툭, 툭, 툭. 주나가 뒤를 돌자 그곳엔 낯선 남자애가 서 있었다. 은서가 어, 하고 알은체를 하긴 했지만 그렇게 친한 건 아닌 듯했다. 남자애의 뒤엔 같은 무리로 보이는 이들이 서 있었다.

하지만 주나가 뒤로 물러선 후에도 아이들은 장난을 멈추지 않았다. 남자애는 아무 말 없이 주나의 우산을 계속해서 내려쳤다. 주나는 은서의 손목을 잡고 성큼성큼 앞으로 걸어갔다.

"별것도 아닌 게."

주나의 말을 들은 남자애들이 웃음을 터뜨렸다. 주나의 우산을 가격하던 아이는 주나를 끝까지 따라왔다. 주나가 무시하자 그 아이가 주나의 어깨를 세게 밀쳤다.

"배 존나 세게 때리고 싶네, 씨발년이."

그 남자애는 친구들이 있는 무리로 돌아가 편의점 쪽으로 멀어졌다. 은서가 주나에게 괜찮으냐고 물었다. 주나는 고개를 끄덕이면서도 이게 아닌데, 하는 당혹감을 느꼈다.

그로부터 며칠 뒤, 뉴스에서 동급생에게 배를 얻어맞고 죽은 초등생의 이야기가 보도됐다. 주나는 그 기막힌 우연에 소름이 끼쳤다. 그날 주나는 저녁을 먹다 말고 방으로 들어갔다. 밤늦게 시작된 복통은 새벽이 지난 후에야 멎었다.

우산으로 때리던 남자애에게 표적이 돼 따로 괴롭힘을 당하는 일은 없었다. 하지만 주나는 그 후로 누군가의 심기를 함부로 건드리지 않는 아이가 됐다. 특히 자기보다 덩치가 큰 남자라면 우선 피했다.

그즈음 주나가 할 수 있는 최대한의 저항은 옷이었다. 학교에 갈 때는 어쩔 수 없이 교복 치마를 입었지만, 친구들과 있을 땐 중성적인 옷을 골라 입었다. 머리도 단발 이상으로 기르지 않았다. 주나는 그렇게 학급 안에서 누가 봐도 확연히 기가 죽은 아이, 그렇게 내내 무시를 당하다가 조금씩 분노를 쌓아두는 아이로 성장했다.

이듬해, 교장은 2학년부터 남자반과 여자반을 분리하겠다고 공표했다. 몇몇 아이는 실망했고, 몇몇은 안도했다. 주나는 당연히 후자였지만 때때로 남자애들이 모여 있는 동편 교실을 볼 때면 기분 좋은 긴장을 느꼈다. 하지만 막상 동편 앞을 지나가게 되면 남자애들의 노골적인 시선이 두려워 도망치듯 그곳을 빠져나왔다.

성교육 시간엔 여성의 주체적인 욕망을 강조했으나, 교실에선 이따금 강간 포르노가 돌아다녔다. 여자애들은 그것을 보며 분노하기보다 더러워했다. 공개적으로 하는 이야기라곤 드라마와 예능, 아이돌뿐이었다. 그 누구도 페르세포네의 비극, 포르노, 갑작스레 솟는 성욕에 대해 말하지 않았다.

주나를 구원한 건 중간고사를 일주일 앞둔 시점에 이뤄진, 근현대사 수업이었다. 그날 긴 곱슬머리를 풀어헤친 선생님은 시끄러운 아이들을 조용히 시키기 위해 칠판에 대뜸 별표를 그렸다.

아이들은 떠들다 말고 선생님이 그리는 별 문양을 유심히 보았다. 선생님은 별 아래에 45도 기울어진 3을 그려 넣었다. 주나를 포함한 여자아이들은 누가 봐도 항문을 나타내는 문양을 보며 킥킥거렸다. 선생님은 나이가 들수록 아래에 힘이 빠진다며, 심심할 때마다 케겔 운동을 할 것을 추천했다.

"다 같이 배에 힘주고, 똥꼬 틀어막아. 10초 센다."

아이들은 언제 웃었느냐는 듯 집중했다. 반 전체가 뜬금없이 항문을 조이고 있는 광경은 상상 이상으로 우스웠다. 구태여 이야기하진 않았지만, 몇몇은 케겔 운동이 어떤 효과가 있는지 아는 눈치였다. 그때 주나 뒷자리에 앉은 여자애가 중얼거렸다.

"미친, 이러다 우리 다 명기 되겠다."

주나는 그 순간 몸에 힘이 풀렸다. 주나의 짝꿍은 웃

음을 터뜨렸다. 칠판 위에 그려진 별 문양은 어느새 지워졌다. 똥꼬를 말하던 선생님은 일제에 의해 수탈당하던 당시 상황을 되짚어보고, 3·1운동이 일어나게 된 사회적 맥락을 파악하기 위해 판서를 시작했다.

주나는 선생님이 나눠 준 유인물을 뒤로 넘기면서 뒷자리에 앉은 여자애의 이름을 확인했다. 그 애의 이름은 문정, 차문정이었다.

*

문정의 집은 주나의 집에서 차로 10분 거리였다. 비교적 사람 사는 동네 분위기를 풍기는 주나의 집과 달리, 문정의 집 근처는 을씨년스러웠다. 근처에 있는 차량 기지 때문에 상권 개발이 미비한 탓이었다.

주나는 붉은 벽돌로 지어진 다세대주택 계단을 따라 올라갔다. 가방끈에 짓눌린 어깨가 아팠다. 처음엔 아마씨만 챙길 생각이었는데, 당근과 감자, 양파와 콩이 하나하나 추가되다 보니 짐이 자연스레 늘었다.

문정의 집은 여느 때와 다름없이 깔끔했다. 집 안은 백희와 관련된 자료들로 가득했다. 주나는 들고 온 물건들을 베란다에 차곡차곡 쌓았다.

문정이 없는 문정의 집은 어느 때보다 편안했다. 문정이 쓰던 늘어난 머리끈과 담배를 피울 때 걸치는 겉옷, 벽에 붙은 가족사진 몇 점이 눈에 들어왔다.

문정은 부모의 이혼 이후 모든 왕래를 끊었지만, 그렇다고 그들을 싫어하진 않았다. 대학 때까지는 어머니가 보내주는 생활비로 버텼고, 졸업과 동시에 금전적인 지원이 끊겨 곧바로 생활 전선에 나서야 했다.

주나가 알기로, 문정에 대해 그렇게까지 자세히 알고 있는 건 자신뿐이었다. 차 PD의 말처럼 떨어져 있는 동안 그들 관계를 되짚어보기엔, 이주나와 차문정 사이에는 떨어질 수 없는 이유가 더 많았다.

주나는 한참 동안 문정의 집에 머무른 뒤 다시 자신의 집으로 향했다. 문정에게 베란다 사진을 찍어 보내는 것도 잊지 않았다. 샤워를 마치고 나왔을 땐 문정에게서 부재중 전화가 두 통 와 있었다. 주나는 문정에게 보이스톡을 걸었다. 이번엔 문정이 받지 않았다.

주나는 메일함을 열었다. 두 시간 전 문정이 보낸 영상 몇 개가 있었다. 연구소 전경과 파헤쳐진 이탄지의 풍경이었다. 하지만 가장 중요한 백희의 얼굴은 보이지 않았다.

주나는 컴퓨터를 켰다. 바탕화면엔 최종 대본 파일이 떠 있었다. 파일을 더블클릭하자 원고가 모니터 화면을 채웠다.

처음 논의한 대로라면, 영상 초반에 유 박사를 비롯한 연구원들의 인터뷰가 나온 뒤 곧바로 백희의 머리를 공개할 예정이었다.

시청자들은 백희의 생김새, 무엇보다도 선사시대부터 생생히 보존된 머리카락에 기이한 매력을 느낄 것이다. 백희의 머리가 나온 다음엔 말라붙은 피부에서 검체를 채취하는 연구원들의 모습이, 또 그 뒤엔 백희의 머리가 각종 의료기기에 넣어지는 모습 등이 이어져야 했다.

주나는 문정의 연락을 기다리며 대본을 끝까지 훑었다. 주나는 낯선 장면을 연이어 배치했을 때 장면과 장면이 서로를 밀어내는 힘을 좋아했다. 하지만 장면들 사이에는 때로 척력이 아닌 인력이 있어야 했고, 그러려면 좋은 소스가 필요했다. 백희의 머리를 공개하는 장면은 선택이 아니라 필수였다.

다시 전화가 왔다. 문정이 아닌 주진에게서 온 것이었다. 면접이 드디어 끝난 듯했다. 그런데 주나의 예상과 달리 전화를 건 이는 주진의 또래쯤인 듯한 젊은 남자였다. 그는 주진과 함께 면접을 본 사람이라고 자신을 소개했다.

"지금 주진 씨가 쓰러져서요."

그는 주진이 대학 병원 응급실로 이송 중이라고 했다. 병원은 집에서 거리가 꽤 멀었다. 곧바로 문정에게서 전화가 왔지만 주나는 무시했다. 문정은 쉬지 않고 다시 전화를 걸었다. 주나는 그 역시 거절했다. 주나는 응급실로 가는 동안 주진과 나누었던 문자 메시지를 살폈다.

면접을 보러 간다는 문자 위론 지난겨울 주진이 보낸 영상이, 더는 재생이 지원되지 않는 채로 남아 있었다. 그날 주진은 아무 설명 없이 동영상 하나를 보냈다. 8초짜리 영상에선 자주색 아파트 지붕에 얹어진 눈이 바람결에 흩날리고 있었다. 새파란 하늘 아래로 마치 눈보라가 치는 듯했다. 주나는 문자를 받았던 당일, 그 영상을 돌려보고, 또 돌려보았다. 주진이 영상을 보낸 날은 엄마의 기일로부터 사흘 전이었다.

응급실에 도착한 주나에게 담당 간호사는 주진이 지나치게 긴장한 나머지 실신했을 뿐, 다른 곳은 모두 정상이라고 했다. 주진은 오른쪽 두번째 병상에 누워 있었다.

주나는 주진의 몸에 상처가 없는 걸 확인한 후에야 의자에 앉을 수 있었다. 머릿속에선 지붕 위에 쌓인 눈이 계속 떨어졌다.

그날 엄마는 마트에서 장을 보고 집으로 돌아오는 길이었다. 항상 다니던 큰길이 공사 중이라 좁은 주택가 골목으로 돌아서 와야 했다. 후드를 쓴 남자가 골목 반대편에서 걸어왔다. 주머니에 두 손을 넣은 채였는데, 목격자 진술에 의하면 그때부터 부피가 크고 단단한 무언가를 패딩에 품고 있었다고 한다.

남자는 지나가던 주나 엄마를 붙잡고 길을 물었다. 그녀는 길을 알려주지 않을 이유가 없었기에 친절히 안내해주었다. 남자는 그 순간 일면식도 없는 주나 엄마를 벽돌로 내리쳤다.

머리를 여섯 번이나 맞은 주나 엄마는 그대로 쓰러졌다. 남자는 현장에 무기를 버리고 도주했으나 얼마 가지 않아 붙잡혔다. 범행 동기는 단순했다. 기분이 좋지 않아 화를 풀 데가 필요했는데, 때마침 벽돌이 보였고, 그 벽돌로 내려칠 홀로 다니는 사람을 찾아 나섰다가 주나 엄마를 만난 거였다.

꼭 주나 엄마를 노렸다기보다는, 자신과 처음으로 대

화를 나눈 사람이었기에 공격했다고 남자는 진술했다. 주나는 그 이야기를 처음 들었을 때, 자기 얼굴에 난 점을 무심코 떠올렸다. 하지만 엄마가 맞은 건 점 때문도, 나쁜 팔자 때문도 아니었다. 그건 사람이 사람을 때리고 싶었기 때문이다. 죽은 아기 오빠들도, 무당의 탓도 아니었다.

혼수상태로 병원에 실려 간 엄마는 그날 밤을 넘기지 못했다. 주나는 자신의 첫번째 술친구이자 데메테르를 영원히 잃었다. 주진은 내내 침묵하다가 늦은 새벽 입을 열었다.

"차라리 엄마가 가해자였으면 좋겠어."

아빠는 장례 직후 사업을 접고 전주로 낙향했다. 주나와 주진은 아빠에게서 받은 돈으로 집을 하나 얻어 지금까지 줄곧 함께 살았다.

그들 가족은 같은 여파 속에 머물렀다. 어떨 때는 진원지에서 최대한 멀어졌다고 생각했는데, 그 한가운데 서 있기도 했다. 파문은 주나의 발목 근처에서 턱 아래까지 넘실거렸다. 수평으로는 움직이지 않았고 언제나 수직으로, 목을 조를 듯 밀려왔다.

주나는 주진의 손을 쥐었다. 주진이 잠시 뒤 눈을 떴다. 그들은 눈을 맞춘 채 한동안 아무 말도 하지 않았다.

"면접장에 들어갔는데 너무 긴장해서 몸에 힘이 안 들어갔어."

주진의 목소리는 잔뜩 쉬어 있었다. 그는 면접관의 질문에 대부분 답하지 못했다고 했다. 어떤 사람은 1 다음에 5를, 그다음엔 10을 보여줬는데 자신은 1 다음에 1.3, 그다음엔 1.35를 보여주고 왔다고. 주진은 약 기운 탓인지 금세 다시 잠들었다. 주나는 잡고 있던 주진의 손을 놓았다.

또다시 전화가 왔다. 발신인은 문정이었다. 여보세요, 하는 순간 문정의 울먹임이 들렸다.

"백희가 사라졌어."

문정은 울음을 터뜨렸다. 주나는 잠시 뒤 울고 있는 문정을 위로했다. 그것으로 0.01의 진심이라도 보여줄 수 있다면, 몇 시간이고 통화할 수 있다는 마음으로.

차량 기지

백희가 한반도를 떠나 아일랜드에 도착하는 데 걸린 시간은 보수적으로 잡아도 13년. 학자들은 당시의 험난했을 지형과 빈약한 의복, 산재했을 위협을 생각하면 분명 그보다 더 긴 시간이 걸렸으리라 추측했다.

공동 연구팀이 만들어낸 이동 경로 시뮬레이션에 의하면 백희는 고향에서 난 곡물 일부를 챙긴 뒤 육로를 통해 이동, 현재의 몽골과 유라시아 지역을 거쳐 배를 타고 아일랜드로 향한 것으로 보인다.

백희가 죽지 않고 살아남은 것은 그녀의 강렬한 의지, 그리고 강력한 운이 따라야만 이뤄질 수 있는 일이라고, 이번 연구의 총책임자인 돈 베리건은 설명했다.

"그래서 저희는 더욱 슬픕니다, 백희의 머리가 사라졌다는 사실이."

머리가 도난당한 직후, 백희는 처음 발견됐을 때보다도 더 많은 세간의 관심을 받았다. 연구와 관련된 이들은 모두 아일랜드 현지 경찰에게 불려가 심도 있는 조사를 받아야 했다. 공교롭게도 사건이 일어난 밤, 알 수 없는 이유로 모든 CCTV가 먹통이었고 결국 아무런 물증도 남지 않았다.

사건과 가장 밀접해 보이는 유 박사는 침묵을 고수했다. 게다가 그의 조수로 고용됐던 딸은 현재 행적이 묘연한 상태였다. 몇몇 사람은 유 박사와 그의 딸이 아일랜드인 샤먼과 접촉하는 걸 보았다고 증언했지만, 당사자인 유 박사는 강력히 부인했다.

중요한 건 백희가 더 이상 공동 연구팀의 손에 없다는 사실이었다. 돈 베리건은 백희의 머리가 희귀품 수집가들 사이에서 경매로 나돌 수 있다며, 발견 즉시 사법기관에 신고해달라고 협조를 요청했다.

문정과 차 PD는 예정보다 일찍 귀국했다. 백희의 머리는 물론, 몸을 발굴하는 현장까지 찍어 올 것이라 믿었던 윗선은 크게 낙담했다. 그래도 차 PD가 기지를 발휘해 백희의 머리가 도난당한 상황에 초점을 맞춰 도움이 될 만한 촬영본 몇 개를 건졌다.

주나가 보기에 그것은 어설픈 변형이었지만 문정에겐 유일한 동아줄이었다. 주나는 우울해하는 문정 대신 그의 촬영본을 자세히 살폈다. 다행히도 차 PD는 문정을 진심으로 도우려는 몇 안 되는 사람 중 하나였다.

—어때요, 소스 다 봤어요?

—네, 나쁘지 않네요.

—문정 PD는 아직 정신 없어 보이니까 이 작가가 대신 고생 좀 해줘요.

언제는 둘 관계를 돌아보라면서요? 주나는 거기까지 적었다가 백스페이스를 눌렀다.

주말인 오늘도 주나는 어김없이 차 PD의 연락에 시달리는 중이었다. 주진이 퇴원한 후 아빠를 보러 전주에 내려갈 때까지, 한 번도 문정을 만나지 않았다. 그 시간 동안 차 PD가 보내온 촬영 소스들을 살피며 대본을 재구성해야 했다. 기다리다 못한 문정이 연락한 건 오늘 아침이었다.

—네가 봤을 땐 어때? 쓸 만해 보여?

문정은 차 PD가 혼자서 찍다시피 한 결과물을 제대로 마주하고 싶어 하지 않아 하면서도, 이번 기회를 놓치면 또 언제 연출 자리를 다시 얻을 수 있을까 싶어 전전긍긍했다.

—아직은 잘 모르겠어. 꼭 시사 다큐 같아.

대답하기 무섭게 문정이 가편집본을 보냈다. 주나는 그것을 열어볼지 말지 고민했다. 작가면 작가의 롤에만,이라는 문장이 떠올랐다. 차 PD에게서 다시 메시지가 왔다.

—그런데 아일랜드 가기 전에 내가 말한 거, 생각해봤어요?

문정의 메시지가 이어서 도착했다.

—이주나! 어떻냐니까?

주나는 고민하다가 편집 프로그램을 실행시켰다. 자판에서 B를 찾아 누르자 편집기 타임라인 위로 블레이드가 떴다. 하지만 주나는 결국 어느 곳도 잘라내지 못했다.

영상 속에는 차문정이 없었다. 차 PD만이 묻고 질문했다. 그는 누가 백희의 머리를 훔쳤으며, 어째서 유 박사가 침묵하는지까지 알아내기 위해 연구팀 사람들을 집요하게 쫓아다녔다.

백희는 왜 집을 떠났을까? 어째서 한반도를 떠나 유럽으로, 먹지도 않을 식량을 보물처럼 챙긴 채 대륙을 떠돈 걸까? 백희는 왜 아일랜드로 갔나? 왜 목이 잘린 것인가? 그 사실은 영원히 비밀에 부칠 수밖에 없었나?

인터뷰 곳곳엔 그 같은 질문이 담겨 있었다. 하지만 그건 어디로 보나 차 PD의 시선이어서, 문정의 작품이라고 하기엔 어폐가 있었다. 문정이 다시 한번 메시지를 보냈다.

—기분이 너무 좆같아.

—그래도 어떡해. 해봐야지.

—차라리 놀러 갈래? 아주 잠깐만.

주나는 고민했다. 좆같은 기분을 좆같지 않게 만드는 건 주나가 할 수 있는 일이 아니었다. 하지만 문정과 떨어진 이후 주나도 내내 같은 기분에서 벗어날 수 없었기에, 문정의 부탁을 거절하지 못했다. 주나는 답신했다.

—콜.

차 PD는 여전히 보이지 않는 곳에서 묻고 있었다.

—설마 아직도 차문정이에요?

그들은 문정의 집 근처 파스타집에서 만났다. 문정과

주나는 서로의 추레한 차림을 악의 없이 비웃었다. 가장 먼저 감바스가 나오자 주나는 새우 몇 개를 덜어 흰 그릇 위에 올렸다. 새우에는 마늘향과 페페론치노의 톡 쏘는 향이 배어 있었다. 그 향은 주나를 문정과 함께 갔었던 카바타쉬의 어느 부두로 이끌었지만 주나는 그날 이야기를 꺼내지 않았다.

그들은 오래된 커플처럼 말없이 식사했다. 주나는 이따금 창밖의 컴컴한 풍경을 살폈다. 저 멀리 차량 기지가 보였다. 운행을 마친 전철들이 하나둘 모여 있는 그곳은 마치 요람 같았다.

식사를 마친 후 밤거리를 걸으며 문정과 주나는 다 지난 이야기를 했다. 스무 살 때는 그랬지, 스물셋에는 이랬지 하다 보니 자연히 공원에 이르렀다. 주나를 공원 벤치로 이끈 문정은 공원에서 배드민턴을 치는 이들을 부러운 듯 바라봤다.

"너 기억나, 우리 카바타쉬 갔을 때? 그때도 저렇게 배드민턴 치는 사람이 많았는데."

주나는 문정도 그곳을 떠올렸다는 게 반가우면서도 불편했다. 모든 기억이 희미한 문정과 달리, 주나는 그날 카바타쉬에서 보았던 것들과 만났던 이들을 꽤 정확히 기억하고 있었다.

3학년 여름방학이었다. 대학은 그들을 방임하고 있는 것 같았고, 사랑은 모두의 말처럼 쉽게 찾아오지 않았다. 두 사람이 또래 사이에서 도태되지 않기 위해 할 수 있는 건 여행뿐인 시절이었다.

그때쯤 주나와 문정의 주위에 있는 친구들은 한번쯤 유럽에 대한 열망을 품었거나, 이미 여행을 다녀온 뒤였다. 때를 놓치면 여행을 가기 어렵다는 말에 주나와 문정도 그곳으로 떠났다.

첫번째 목적지는 튀르키예였다. 주나는 그곳에 도착한 첫날, 해가 트램의 차창을 넘어 어느 튀르키예인의 벗어진 머리 위로 내리쬐는 것을 조용히 구경했다. 뜨거운 난처럼 보이는 남자의 머리는 그의 젖은 하와이안 셔츠와 잘 어울렸다.

문정은 주나와 조금 떨어진 자리에 앉아, 악센트 하나 없는 영어로 현지인과 대화하기 위해 노력했다. 문정은 해외에서의 특별한 추억이나 일화를 다른 친구들에게 들려주기 위해서라도, 낯선 이들에게 말을 걸고 그들과 자주 사진을 찍어야 한다고 생각했다.

주나는 문정과 일행으로 보이지 않기 위해 푸른색 플

로피햇을 바짝 눌러썼다. 무엇보다 옆자리에 앉은 남자들의 체취를 꾹 참고 견디느라 괴로웠다. 문정은 남자와 이야기를 나누다가 대화가 끊길 때면 괜히 주나에게 말을 걸었다. 하지만 필요할 때만 자신을 찾는 문정에게 심술이 난 주나는 말없이 창밖만 바라보았다.

튀르키예는 아름다운 나라였지만 주나의 마음을 뒤흔들 만큼 특별하진 않았다. 주나는 트램에서 내린 뒤 문정에게 가 그 남자와 대체 무슨 말을 했느냐고 물었다. 문정이 지체 없이 대답했다.

“자기들 나라에선 실내에서 절대 모자를 쓰지 않는대. 그게 트램일지라도.”

그들은 그 여행에서 8백만 원을 썼다. 그 뒤 남은 건 여행을 다녀왔다는 말 한마디였다.

주나는 벤치에 등을 기댔다. 문정은 배드민턴을 치고 싶었으나 이내 포기했다. 그들은 자리에서 일어나 무작정 사람이 많은 곳으로 향했다. 거리에는 술집 전단지를 나눠 주는 이들이 2, 3미터 간격으로 서 있었다. 주나와 문정은 아무 술집에나 들어가 맥주를 한잔 시켰다.

주나는 술을 마시며 새삼 깨달았다. 문정은 아마 이번에 입봉할 수 없을 것이다. 하지만 문정에게 다음 기회가

왔을 때 이주나는 또다시 차문정을 도울 것이다. 다만 그 때는 진원지에서 멀어지는 방향으로, 조금씩 뒷걸음질치면서. 그것이 주나가 내린 결론이었다.

두 사람은 집으로 돌아가는 길에 다시 한번 차량 기지를 지나쳤다. 높은 담으로 가려진 내부에는, 내일이면 다시 철로를 달릴 전차들이 깊게 잠들어 있었다.

주나는 내일 할 일들을 속으로 꼽았다. 새로 시작할 프로젝트를 선별하고, 구성 작가들을 꾸린다. 생각이 난다면 주진과 아빠에게 연락해볼 수도 있다. 차 PD의 선한 마음이 이 순간에도 누군가를 아프게 한다는 걸 깨닫는다. 문정과는 또다시 비슷한 하루를 보낸다. 그리고 잠이 들 즈음엔, 잃어버린 데메테르를 떠올린다.

주나는 걸었다. 끊임없이. 그러면서 백희를 생각했다.

백희는 지금 어디에 있을까? 그녀의 머리와 몸은 언젠가는 만날 수 있을까?

그사이 문정이 서서히 뒤처졌다. 주나는 멈추지 않았다. 돌연 큰 구멍이 주나의 발밑에 생겼다. 주나는 그곳으로 떨어졌다. 그녀는 어둠 속에서 눈을 떴다. 누군가가 주나를 향해 다가왔다. 주나는 그를 보지 않았다. 다만 지상으로 올라가기 위해 손끝을 뻗었다. 주나는 구덩이 밖으로 기어올랐다. 그 순간 이야기가, 끝나지 않은 이야기가 이어졌다.

2부

영

코미디언

페르세포네의 또 다른 이름은 코레Kore. 그리스어로 소녀라는 뜻을 가진 이 단어는 페르세포네를 유약하고 천진한 여자로 둔갑시킨다. 하지만 페르세포네는 자기를 겁탈한 자로부터 살아남았으며, 끝내 그녀를 그리워하던 어머니 데메테르와 재회했다. 한시적으로나마 발이 묶였던 지하 세계에서 벗어나 지상으로 귀환한 것이다. 그러므로 페르세포네의 이명은 생존자, 혹은 용기 있는 여인이어야 한다고 지나는 설명했다.

영은 오래전 들었던 그 이야기를 한순간도 잊은 적 없다.

*

영이 유 씨에게서 온 메일을 확인한 때는 이른 오전이었다.

안 그래도 백희 문제로 골머리를 앓는 중인데 하우스키퍼로 고용한 여자가 집 안의 귀중품을 훔쳐 쓰고 있다며, 유 씨는 여러 줄에 걸쳐 불편한 심경을 밝혔다. 그러고는 메일의 끝머리에 우물쭈물, 그러나 평소와 같은 고압적인 태도로 속내를 내비쳤다.

그러니 네가 날 좀 도와야겠다. 하루빨리 아일랜드로 와주렴.

영은 아버지의 구조 요청을 무시한 채 책상 위에 어지럽게 놓인 자일리톨 봉지를 집었다. 지금 영에게는 당이 필요했지만 주위엔 지나가 오래전 두고 간 무설탕 간식뿐이었다.

창밖으로 초여름의 텁텁한 바람이 밀려왔다. 자일리톨 사탕은 예상외로 달았다. 영은 책상 위에 다리를 얹은 채 얼룩진 천장을 응시했다. 천장과 직각으로 이어지는 벽면엔 팝업스토어에서 사 온 톰페아 언덕 엽서와 영화 「서스페리아」 포스터, 언젠가 지나에게 선물했던 튤립의 꽃잎이 어지럽게 붙어 있었다.

영은 그 반짝임을 눈으로 좇다가 고개를 떨궜다. 노트북엔 여전히 유 씨의 메일이 떠 있었다. 평소였다면 고민 없이 삭제했을 테지만, 오늘은 상황이 조금 달랐다. 유 씨가 보낸 메일은 영이 이 원룸에서 탈출할 수 있다는 희망을, 나아가 몇백 정도는 벌 수 있을지도 모른다는 기대를 품게 했다.

영은 자일리톨 사탕을 소리 나게 씹었다. 그러면서 부동산 계약서가 있는 곳을 곰곰이 떠올렸다. 만기까지 얼마 남지 않은 상황이었다. 정말 집을 빼게 된다면 지나에게 보증금의 반을 돌려 줘야 했다. 물론 지나 성격상 얼마 되지도 않는 돈 따위 안 받겠다고 할 테지만 그렇다고 말없이 그 돈을 혼자서만 가질 수는 없었다.

영은 지난해 부동산에 가 지나와 월세 계약을 갱신했던 날을 떠올렸다. 서울에 똘똘한 원룸 건물 세 채가 있다고 자랑하던 집주인이 계약 위임장을 공인중개사에게 넘기고 탄자니아의 능귀 해변을 즐기러 간 여름이었다.

그날 부동산 구석에선 20년은 됐을 법한 오래된 에어

컨이 돌아가고 있었다. 누구는 제1차 세계대전 당시 독일에 점령당했다가 영국의 손아귀에 넘어간 나라에서 스노클링을 즐길 시간에, 누구는 그의 뒤처리를 해주고도 백만 원도 되지 않는 에어컨을 바꾸지 못했다. 이게 바로 경제적 불평등 아닌가, 하지만 고래가 있어야 고래 등에 얹혀사는 사람도 생기는 법이니, 언제까지 월세로 살 거냐는 엄마의 잔소리를 당당히 받아치지 못하는 일개 소시민으로선 아무래도 할 말이 없다는 게 영의 생각이었다.

남자 사장이 유튜브로 바둑을 보는 사이, 주요 실무를 담당하는 여사장은 필요한 서류들을 출력했다. 영은 그들이 말을 걸어주길 잠자코 기다렸다. 남자 사장의 경우 원체 말이 없는 편이었지만, 여자 쪽은 그렇지 않았다. 처음에는 영과 지나를 친구 사이로 보고 살갑게 말을 붙였으나 해가 거듭되면서 영주 빌딩 202호에 사는 두 여자의 관계를 짐작한 듯했다. 이후로는 꼭 필요한 말을 할 때만 입을 열었다. 영은 평소보다 조용한 지나에게 메시지를 보냈다.

—저 아저씨는 4D로도 대국 볼 듯.

평소였으면 피식 웃었을 지나가 메시지를 확인하고도

웃지 않았다. 영이 지나의 안색을 살필 새도 없이, 여사장이 새로 뽑은 계약서를 두 사람 앞에 내려놓고는 영과 지나를 바라보며 은근히 목소리를 낮췄다.

"자기들, 여기서 몇 년 더 살 거지?"

"네, 뭐. 아마도요."

영은 애매하게 답했다.

"그럼 그냥 아예 2년 계약으로 돌리는 건 어때? 여기 대표님 말 들어보니까 당분간 외국에서 머물 것 같던데."

그녀의 말인즉, 공인중개사야 건당 돈을 받으니 해마다 계약을 갱신하는 게 좋지만 아가씨들도 불편하고, 집주인도 해외에 오래 있을 것 같으니 귀찮은 일을 줄이자는 것이었다. 여사장은 어차피 한두 해 본 것도 아닌 데다, 한집에서 이렇게 오래 살았으면 2년 더 사는 거야 어려울 것도 없지 않느냐고 했다.

영도 연례행사처럼 샬롬 부동산에 오는 게 지치던 차라, 여사장의 제안에 마음이 끌렸다. 그런데 그때까지 조용히 있던 지나가 불쑥 대화에 끼어들었다.

"아뇨, 저희 1년만 할게요."

지나가 부동산에서 입을 연 건 드문 일이었다. 계약이니 뭐니 하는 일들은 항상 영에게 떠넘겨졌다. 영이 당황한 걸 눈치챘는지 지나가 속삭였다.

“혹시 또 모르잖아, 무슨 일이 생길지.”

그건 그것대로 맞는 말이었지만 영은 찝찝한 기분을 떨쳐내기 어려웠다.

지나와 영은 여사장이 건네는 요구르트를 한 병씩 들고 부동산을 벗어났다. 시계는 어느새 오후 6시를 가리키고 있었다. 거리는 여전히 무더웠다. 지나는 강렬한 햇빛을 피해 홀로 그늘 쪽으로 걸었다.

두 사람은 점심으로 써브웨이 샌드위치를 먹기 위해 번화가로 향하는 버스에 올랐다. 그러고서 빈 자리를 찾아 앞뒤로 앉았다. 지나는 한참 동안 바깥을 보더니 영의 어깨를 건드렸다.

“저기 봐, 시계 엄청 크지.”

영은 거대한 건물 외벽을 살폈다. 건물마다 들어선 노래방과 어딘지 모르게 수상한 술집, 병원장의 이름이 새겨진 산부인과 간판이 하나둘 눈에 들어왔다. 그 아래로 개원한 지 얼마 안 된 치과 간판이 번쩍였다. 병원 내부를 볼 수 있는 통유리창엔 디지털시계가 깜빡였다. 지나가 말했다.

“저 병원 외벽에 붙은 초시계를 보잖아? 그럼 숨이 막혀. 버스가 출발할 때쯤이면 나도 모르게 이런 생각이 드는 거야. 아, 이렇게 또 내 시간이 무의미하게 흘렀구나. 오늘도 어제와 같구나. 내일도 나는 시간이 이렇게 빨리 흐른다는 걸 잊고 너랑 밥을 먹고, 똥을 싸겠구나, 그냥 그런 생각."

버스가 두 정거장을 지나칠 동안 영은 지나의 말에 어떻게 대꾸해야 할지 몰랐다. 뒤늦게 지나의 손을 잡았지만 무참히 거절당했다. 영은 허공을 헤매던 손을 자신의 무릎 위에 올렸다.

그들은 써브웨이 샌드위치를 반씩 나눠 먹었다. 원래대로라면 곧장 집으로 갈 예정이었는데, 무슨 바람이 불었는지 지나는 개인 카페로 불쑥 들어갔다. 영은 지나의 기분을 맞춰주기 위해 그 뒤를 조용히 따랐다. 지나는 따뜻한 아메리카노 두 잔을 주문했다. 사장은 곤란한 듯 커피 머신 쪽을 눈짓하더니 기계가 고장 나 수리 기사를 불렀다며, 다른 음료를 시켜달라고 부탁했다.

지나는 어쩔 수 없이 아이스 초콜릿을, 영은 따뜻한 진저티를 시켰다. 두 사람은 카운터 맞은편에 앉아 음료가 나오길 기다렸다. 한쪽에서 믹서기가 큰 소리를 내며 돌아갔다. 사장은 조리대에서 구겨진 티백을 꺼내 컵에 넣었다. 찬물이 컵 안 가득 찼다. 사장은 그 컵을 전자레인지에 넣었다. 카페 내부에는 생강 냄새가 풍기기 시작했다. 지나와 영은 밍밍한 아이스 초콜릿과 진저티를 반쯤 남겼다. 집으로 돌아가는 버스 안에서 지나가 물었다.

"우리도 저러고 있을까?"

"뭐가?"

"카페 사장 말이야."

영은 지나가 한 말의 의미를 한참 시간이 지난 후에야 알 수 있었다. 한때 미지의 세계였던 상대를 레토르트식품처럼 전자레인지에 돌려버리는 것. 의욕을 갖고 시작했던 일을 흐지부지 처리하다가 그렇고 그런 다른 사람들처럼 망해버리는 것.

일주일 뒤 지나는 영에게 이별을 통보했다. 그것은 그들의 공식적인 이별이었다.

*

하지만 비공식적인 타임라인에서 보면, 영과 지나가 완전히 헤어졌다고 보기는 어려웠다. 영이 지나와 헤어졌단 사실을 끝끝내 부정했기 때문이다. 그러니 이 관계의 끝은 말하는 이에 따라 달라졌다.

영은 노력이라는 말로는 부족할 정도로 울고, 사과하고, 다시 처음으로 돌아가 자기 처지를 비관했다. 반면 지나는 냉혹했다. 5년간 함께 산 원룸에 얼마 되지 않는 짐을 버려둔 채 행선지도 밝히지 않고 사라졌다.

지나가 짐을 찾으러 온 건 그로부터 몇 주 뒤였다. 영은 퉁퉁 부은 얼굴로 오밤중 들이닥친 지나의 소매를 붙잡았다.

"어디 있었던 거야?"

"친구 집."

그 말을 끝으로 지나는 딱 필요한 물건들만 캐리어에 넣었다. 커플 후드와 속옷은 모두 영의 몫이었다.

"너 아직 집도 못 구했잖아. 혼자서는 부동산도 못 가면서. 또 어디서 자려고?"

"친구 집."

영은 현관문이 닫히기 전 소리쳤다.

"그러니까, 친구 누구!"

영은 지나가 이별을 통보한 뒤 매정하게 짐을 챙겨 떠난 것보다, 지나에 대해 모르는 부분이 생겼단 사실이 더 견디기 어려웠다. 지나의 고향은 부산 기장이었다. 서울에서 회사를 다니는 지나가 갑자기 고향에 내려갈 리는 없었다.

영신이네일까? 하지만 영신과는 얼마 전 애들을 영어 유치원에 보내는 문제로 싸웠다고 했다. 지나가 우리말도 제대로 못하는데 영어부터 가르쳐서 될 일이냐고 하자, 영신은 내가 너희 둘 그 나이 먹고 원룸 사는 거 가지고 뭐라고 하디? 하고 받아쳐 싸움이 번졌다.

그 광경을 옆에서 보던 영은 죄지은 것도 없으면서 바닥에 떨어진 루키의 까만 털을 응시했다. 오랜만에 찾은 친구 집에서는 두 여자의 고성, 루키의 왕왕 소리, 안방에서 아빠랑 놀고 있는 영신의 아들이 지르는 비명으로 떠들썩했다. 그러니 영신일 리 없다. 그렇다면 세나? 세나는 여친 따라 일본 간다고 잠적했는데…… 은혜, 민아, 주영이……

영은 지나의 친구들을 속으로 꼽던 끝에, 한때 지나와 오랜 친구였으나 애를 낳고 소식이 끊긴 수진을 떠올렸다. 영은 인스타그램과 트위터, 페이스북에 수진의 계정을 검색했다.

이틀 전 올라온 사진 속, 수진은 이제 막 다섯 살이 된 아들을 품에 안은 채 활짝 웃고 있었다. 인스타그램은 이

모티콘만 적는 게 힙한 거라더니, 그 게시글은 한참 스크롤을 내려야 할 정도로 장문이었다.

새로운 시작, 그 흔한 성격 차이, 돌싱이라는 단어가 문장들 사이로 도드라졌다. 피드를 살피니 남편 사진이 하나도 보이지 않았다. 지나 성격에 이제 막 이혼한 친구 집에 머물고 있을 리는 없었다.

결국 영은 평소 잘 연락하지 않던 친구 한 명 한 명에게 전화해 지나의 근황을 수소문하기 시작했다. 그때마다 대박, 너 이지나랑 헤어졌어? 하는 반응이 돌아왔다.

그렇게 꼴값을 떨더니, 세기의 사랑인 척, 금단의 성역을 넘은 척은 혼자 다 하더니, 너희도 그렇게 됐구나. 하하!

영은 친구들의 속내를 읽고 난 후 휴대폰 전원을 껐다. 갱신한 계약을 무르고 위약금을 치를 여유는 없었기 때문에, 영은 지나와의 추억이 가득한 이 원룸에서 홀로 1년을 버텨야 했다. 내심 누군가가 이곳에서 그녀를 꺼내주길 바라며.

그리고 오늘, 만기가 가까워진 이 시점에 유 씨에게서 이메일이 도착한 것이다. 그것도 아일랜드로 오라는 유혹적인 제안을 담아. 영은 한참을 고민하다가 유 씨에게 메시지를 보냈다.

—그래서 얼마 줄 건데?

유 씨의 답장은 빨랐다.

—300.

영은 유 씨에게 기한은 한 달로 하되, 3백만 원을 사비로 더 보태라고 했다. 다음 날 아침이 돼서야 유 씨로부터 알겠다는 회신을 받았다.

영은 오랜만에 양팔을 쭉 뻗어 스트레칭을 했다. 이미 거주자의 절반이 집을 빠져나간 마당에, 나머지 절반이 이곳에서 계속 살 이유는 없었다. 영은 집을 샅샅이 뒤진 끝에 책장 뒤편으로 넘어가 있는 부동산 계약서를 찾아냈다.

집주인은 새로운 세입자를 찾는 걸 귀찮아하면서도 자매도, 친구도 아닌 수상쩍은 두 여자를 마침내 내보낼 기회를 얻어 기뻤는지 바로 다음 날 부동산에 집을 내놨다.

*

더블린 국제공항은 이른 시간에도 사람들로 북적였다. 국가 공휴일을 맞아 놀러 가는 이들이 곳곳에서 줄지어 움직였다.

사람들은 활기찬 표정으로 공항 안을 돌아다녔다. 영은 먼 곳에 서 있는 유 씨를 향해 걸어갔다. 그는 메일에서 밝힌 것만큼이나 지쳐 보였다.

"짐은 그게 다야?"

"응."

유 씨가 영의 캐리어를 들고 앞장섰다. 큰아빠 칠순 이후 처음 만났지만 생각보다 어색하진 않았다. 영은 유 씨가 미리 빌려놓은 레니게이드에 올라탔다. 유 씨가 운전대를 힘없이 쥐었다.

"먼저 연구소에 들러야 해."

"그러든가."

영은 아무래도 상관없었다. 차 안은 엔진음으로 가득했다. 그들 중 누구도 어색해진 부녀 사이를 회복하기 위해 애쓰지 않았다. 덕분에 영은 더블린 시내 풍경을 마음 편히 감상했다. 적당히 활기차고 아름다운 도심이 끝도 없이 펼쳐졌다. 유 씨가 뜬금없는 말을 꺼냈다.

"너 배 속에 있을 때 내가 태몽 꾼 거 알아?"

"아니."

뜻밖이었지만 영은 짧게 대답할 뿐 아무런 말도 덧붙이지 않았다. 유 씨도 영이 별다른 반응이 없자 입을 다

물었다. 그들은 말없이 차로 한 시간을 달렸다. 멀리서 외벽이 하얀 단층짜리 연구소가 나타났다.

더블린과 킬데어주의 경계에 위치한 연구소는 도심에서 느낄 수 없었던 전원적인 분위기를 풍겼다. 유 씨가 차에서 내리면서 이제부터 요청하는 물건들을 여기 연구소로 가져다 달라고 부탁했다.

"숙소 위치는 내비게이션에 등록돼 있어. 가기 전에 연구소 좀 둘러보고 가."

"그냥 가면 안 돼?"

"어딘지도 모르고 어떻게 심부를 하려고?"

유 씨는 영에게 차 키를 건네고는 먼저 연구소 안으로 들어갔다. 몇몇 사람이 유 씨를 향해 알은체했다. 영은 그 뒤에서 고개를 꾸벅꾸벅 숙이다가, 하우 아 유? 하고 소심하게 입을 뗐다.

ㄷ자 모양의 연구소 내부는 밖에서 봤을 때보다 훨씬 더 널찍했다. 그곳에는 유 씨의 팀 말고도 두 개의 연구팀이 공동으로 생활하고 있었다. 유 씨는 연구 보조 명목으로 고용된 영에게(영은 그 같은 사실을 이곳에 와 처음 알았다) 연구소에선 하얀 가운을 입으라고 권했다.

"우리가 쓰는 메인 연구실은 오른쪽 복도 끝이야. 내

가 뭔가 부탁하면 이쪽으로 오면 돼.”

유 씨가 연구실 문에 카드키를 태그했다. 내부에선 국내 연구팀이 백희에 대해 활발히 논의 중이었다. 유 씨는 영을 소개할 겨를 없이 팀원들의 보고부터 들었다. 영은 어디에 있어야 할지 몰라 뒤로 물러섰다. 부부처럼 보이는 삼십대 남녀가 영에게 다가왔다.

여자가 먼저 낯설어하는 영에게 악수를 청했다.

“전 미조라고 해요. 이쪽은 다운. 영현 씨, 맞죠?”

영은 고개를 끄덕였다. 임신 중인지 배가 조금 불러 있는 미조가 연구실 뒤쪽 문을 가리켰다.

“한번 보고 갈래요?”

“뭘요?”

“백희요.”

영은 썩 내키지 않았다. 백희가 아무리 희귀한 연구 대상이라고 해도, 시체는 시체였다. 영의 망설임을 느꼈는지 가만히 있던 다운이 말을 덧붙였다.

“취재팀 중에서도 아직 소수밖에 못 봤어요. 귀한 기회예요.”

영은 계속된 회유에 못 이겨 다운을 뒤따랐다. 좁은 문 너머는 어두웠다. 저 멀리로 백희가 보관된 투명한 보존

장치가 보였다. 영은 처음엔 멀찌감치 떨어져서 볼 생각이었지만, 주위가 어두워 가까이 다가갈 수밖에 없었다.

조심스레 장치 앞에 섰다. 백희의 풍성하고 검은 머리칼이 영의 시선을 사로잡았다. 머리카락 한 올 한 올 윤기가 났다. 백희는 고작 십대 중후반 정도로 보였다. 얼굴은 온통 검붉은빛이었고 이목구비가 오밀조밀했다. 잠을 자듯 감긴 두 눈꺼풀이 당장이라도 열릴 것 같았다. 하지만 목 밑의 거친 절단면을 본 순간, 영은 현실로 돌아와 장치에서 한 발짝 물러섰다.

"연구가 끝나면, 이 머리는 어디로 가는 거예요?"

"박물관에 전시되겠죠. 다른 미라들처럼."

미조가 답했다. 영은 백희가 박물관에 있는 모습을 상상했다. 백희의 시체가 만약 통통하게 부풀어 있었다면, 피가 심박에 맞춰 분수처럼 솟아올랐다면, 그래도 박물관에 전시될 수 있을까?

백희가 지금 모습 그대로 박물관에 있는 것도 이상했다. 평범한 소녀가 오랜 시간이 지난 후에 발견됐단 이유로 특별 대우를 받는다니. 백희가 아니라 다른 사람이 발견됐다면, 지금 같은 관심은 모두 그의 차지였을 것이다.

영은 방을 나서기 전 우두커니 서 있는 두 사람에게 물었다.

"백희가 무슨 뜻인지 물어봐도 돼요?"

"흰 백에, 기쁠 희. 하얀 기쁨, 뭐 그런 거였어요."

다운이 답했다. 영은 김이 빠졌다. 물어볼 것도 없이 유 씨가 지은 이름인 듯했다.

미조와 다운을 향해 짧게 고개를 숙인 뒤 영은 차로 돌아갔다. 먼저 갈 생각이었는데, 생각해보니 숙소 열쇠가 없었다.

연구실로 다시 돌아갈까 고민했으나 그냥 차에서 기다리는 걸 택했다. 운전석에서 본 창밖 풍경은 새삼 이국적이었다. 영은 연구소 전경을 찍은 뒤 지나에게 보냈다. 두 사람이 헤어진 후, 약 1년 만의 연락이었다.

—아빠 일 돕느라 아일랜드에 왔어. 전에 살던 원룸도 정리했고. 보증금 절반 보내줘야 하는데, 언제 괜찮으면 통화하자.

영은 운전석을 뒤로 젖히고 눈을 감았다. 지금쯤이면 그때 헤어져야만 했던 이유를 들을 수 있을지도 몰랐다. 하지만 몇 시간이 지나도 지나의 답장은 오지 않았다.

*

영이 지나를 처음 만난 건 7년 전, 큰아빠의 칠순 잔칫날이었다. 집안 어른들이 십시일반 돈을 모아 장소를 대관하고, 행사 MC까지 고용한 자리였다.

그 당시 영은 마포구에 있는 스튜디오에 수강 중인 입문 댄서였지만, 집안에선 교수 아빠 돈으로 예술 흉내나 내는 철부지로 통했다.

오랜만에 만난 친척들은 근황을 공유하기 바빴다. 누구는 벌써 아이가 둘이었고, 누구는 이민 준비로 쉴 틈이 없었다.

영은 자기에게 시선이 몰릴 때면 술잔을 가지러 간다며 자리를 비웠다. 친척들의 관심을 피하기 위함도 있었지만, 조금 전 마주친 아르바이트생과 잠깐이라도 대화를 나누고 싶었다. 그 아르바이트생이 바로 지나였다.

큰아빠가 마이크를 들고 혜은이의 「당신만을 사랑해」를 열창하던 때, 영은 지쳐 보이는 지나에게 편의점에서 사 온 닥터페퍼를 건넸다.

"이거 드실래요?"

지나는 거절하지 않고 그 자리에서 닥터페퍼 캔을 땄

다. 멀리서 팀장이 노려보는데도 눈치를 보지 않았다. 영은 지나의 무심한 표정에서 시선을 떼기 힘들었다.

냉장고 앞에서 미적거리길 한참, 술을 마시던 엄마가 큰소리로 영을 불렀다. 영은 그 소리가 창피해서 서둘러 테이블로 돌아갔다. 엄마는 대뜸 요즘 배우고 있는 춤을 춰보라고 했다.

"아, 됐어. 안 해."

"왜, 해봐."

내심 딸이 친척들 사이에서 아무런 주목도 받지 않길 원했던 유 씨가 부인을 말렸다.

"뭘 그런 걸 시키고 그래. 영현이 넌 그냥 앉아 있어."

분명 두둔하는 말인데도 영은 발끈했다. 그러지 않아도 춤을 출 생각 따위 없었다. 영은 자리에 앉아 유 씨에게 삐딱한 시선을 보냈다.

"아빠는 내가 춤 배우러 다니는 게 창피해?"

"너는 무슨 말을 그렇게 하냐."

갑자기 튄 불씨에 유 씨가 고개를 돌렸다. 영은 김빠진 닥터페퍼를 마셨다. 스테디셀러인 코카콜라나 스프라이트가 아닌 닥터페퍼만을 먹는 건 나름의 기호를 갖기 위함이었다.

영은 맞지 않던 회계학을 때려치운 이후, 자기만의 기호를 찾는 일에 몰두했다. 그중 하나가 닥터페퍼와 춤이었다. 그런데 여기에선 두 가지 다 무시받는 듯했다. 영이 입을 꾹 다물고 있으니, 엄마가 혀를 찼다.

"하여간 유별나. 내 자식이지만 너무 유별나."

영과 영의 엄마는 안 그래도 가족 행사에서 마주치고 싶지 않은 대상 1위였다. 영도 그 사실을 잘 알았다. 제도에 기여하고 싶지 않단 유 씨의 신념에 따라, 유 씨와 영의 엄마는 30년째 사실혼 관계를 유지 중이었다. 그 사실을 집안사람들도 알았다. 그렇다고 가족이 아닌 것은 또 아니니, 영은 명절에 한번 들르라는 인사치레를 무시하지 않고 가족 행사 때마다 따라다녔다. 친구들이 답답한 짓 좀 그만하라며 불만을 토로할 만큼.

"넌 아빠를 너무 사랑해. 이제 좀 분리돼야 하지 않아?"

영은 잠들기 전 천장을 보며 생각했다. 정말 내가 아빠에게 집착하고 있나? 아직도 아빠의 착한 딸이 되고 싶어 발악 중인가? 혹시 내가 여자를 사랑하는 것도 아빠의 영향이라면……

영은 마시던 닥터페퍼 캔을 구겼다. 오늘은 술을 마시

지 않을 생각이었는데, 더는 이 상황을 견디기가 어려웠다. 영은 앞에 놓인 빈 잔에 소주를 따랐다. 유 씨가 그런 영을 흘끗거렸다. 그때 먼 친척이 유 씨의 어깨를 두드렸다.

"얼마 전에 TV 나온 거 잘 봤어."

그 말을 시작으로 요새 등이 쑤신다며 대뜸 유 씨에게 상담을 받으려 했다.

"전 병리학자라 정형외과는 잘 모릅니다."

"그래도 의학박사까지 땄으면 알아야지."

친척은 멋쩍어했다. 말 그대로 개천에서 용 난 케이스인 유 씨는 큰형의 거듭된 전화가 없었다면 이런 칠순 잔치에도 오지 않았을 사람이었다.

유 씨가 업무 전화를 받는다며 자리에서 일어섰다. 영이 술잔을 소리 나게 내려놨다. 사람들의 시선이 영에게 집중됐다.

"아빠 아는 의사 많잖아. 하나 소개해줘."

유 씨가 밖으로 나가다 말고 멈춰 섰다.

"하긴, 엄마 아플 때도 한참 있다가 신경외과 의사 하나 겨우 연결해줬지? 삼촌, 그냥 아무 병원이나 가세요. 그편이 더 빠를 테니까."

정적이 감돌았다. 영의 엄마는 어쩔 줄 몰라 하며 눈

을 깜빡였다. 영은 순간 후회했으나 이미 엎질러진 물이었다. 영은 가족들을 뒤로한 채 일어섰다. 어쩐지 눈물이 날 것 같았다. 그대로 도망치려는 영을 붙잡은 건 엄마도, 유 씨도 아닌 바로 지나였다.

"이거 쓰세요. 필요할 것 같아서."

지나가 건넨 건 행사장에서 벌크로 사들인 싸구려 냅킨이었다. 뻭뻭한 냅킨을 받아 든 영은 울컥 눈물샘이 터졌다.

"대체 인생이 왜 이런지 모르겠어요."

영은 건물 뒤편 흡연장에 도착한 뒤에도 그 말을 반복했다. 지나는 담배를 피우며 영이 우는 모습을 조용히 지켜보았다.

훗날 영이 왜 그날 자신을 따라왔느냐고 묻자, 지나는 간단히 답했다.

"웃겨서."

"그게 다야?"

"응. 나는 네가 웃겨서 마음에 들었어, 영아."

지나는 미소 지었다. 그 미소는 영에게로, 그리고 다시 지나에게로 전염됐다. 영이 생각하기에 그 순간 지나와 자신은 분명 사랑하고 있었다.

앞구르기와 림보

아일랜드와 한국의 공통점으로는 외세의 침략, 꺾이지 않는 의지, 급격한 경제성장 등을 들 수 있다. 유럽에서 가장 가난한 나라로 꼽혔던 아일랜드는 1990년대까지만 해도 1인당 GDP가 약 1만 4천 달러 수준에 그쳤지만, 파격적인 법인세 인하와 함께 글로벌 기업들을 적극 유치해 2022년 이후 1인당 GDP 10만 달러를 기록하는 기염을 토했다.

하지만 두 나라 사이에는 공통점만큼이나 분명한 차이가 있었다. 우선 아일랜드의 경우, 예술가가 순수 창작품으로 벌어들인 5만 유로 이하의 수입에 대해선 세금을 매기지 않는다.

유명 록그룹 U2는 이 예술인 면세 조항을 이용해 그토록 많은 음반을 팔아치우고도 황홀한 혜택을 이어갔다. 로열티 관련 법안이 바뀐 후론 예전만큼의 혜택을 누릴 수 없었고, 보컬 보노는 개인 소유의 재산 대부분을 암스테르담으로 옮겨야 했다.

하지만 얼마나 많은 예술가가 순수 창작품으로 한 해에 5만 유로를 벌 수 있겠는가?

영은 죽었다 다시 깨어나도 춤으로 5만 유로를 벌 자신이 없었다. 그래서 아일랜드는 영에게 있어 천국, 영구적인 도피처 후보로 자리 잡았다.

영은 거대한 식탁 모서리에 서서 꽃다발에 꽂힌 오아시스를 제거했다. 녹색 정육면체 곳곳에서 물방울이 떨어졌다. 라디오에서는 「Sunday Bloody Sunday」가 흘러나오고 있었다.

영은 젖은 손을 바지에 문질렀다. 물기를 머금은 플로럴 폼은 쥐어짜는 즉시 쭈그러들었다. 무스카리의 꽃잎은 짙은 보랏빛이었다. 구근식물을 좋아하는 편은 아니었지만, 조금 전 시장에서 직접 사 와서인지 애정이 갔다. 영은 올해의 마지막 무스카리를 화병에 꽂아 식탁 중

앙에 두었다.

유 씨의 숙소는 한인 유학생 부부가 내놓은 두 달짜리 서블렛이라 웬만한 가재도구는 전부 갖춰져 있었다. 연구소와는 비교적 가까웠지만 시내까지는 거리가 멀었다. 영은 사람 사는 곳 특유의 정감이 느껴지는 이 동네가 마음에 들었다. 유 씨가 부탁하는 일들도 숙소 청소와 출퇴근길 픽업, 자잘한 서류 업무를 대행하는 정도였다. 영은 단순한 육체노동도 견디지 못하는 유 씨의 나약한 성정을 비웃으면서도, 지나의 메신저 창을 매일 들여다보는 자신을 보며 부전여전이라는 단어를 떠올렸다.

꽃 정리를 마친 영은 비좁은 부엌을 지나쳐 창가 앞에 섰다. '죽기 전 꼭 들어야 하는 아일랜드 명곡' 플레이 리스트는 이제 시네이드 오코너의 「Nothing Compares 2 U」를 재생했다.

영은 지난밤 유튜브 알고리즘에 의해 「Black Boys on Mopeds」와 「Molly Malone」 실황 공연을 연이어 봤다. 오코너의 바짝 깎은 머리와 큰 눈이 시야에 어른거렸다. 영은 서툰 영어로 오코너의 노래를 따라 불렀다.

"Crying, Cockles and mussels, Alive, Alive, Oh. Crying, Cockles and mussels, Alive, Alive, Oh……"

영은 창가에서 물러섰다. 거리는 텅 비어 있었다. 오늘은 유 씨가 혼자 갈 곳이 있다며 직접 차를 몰고 나갔다. 그런데 하필이면 업무에 필요한 USB를 깜빡한 것이다.

원래라면 영이 연구소까지 차를 몰고 가 USB를 갖다줘야 했으나 운전할 차가 없어 불가능했다. 마침 이 근처 카페에 있던 다운이 대신 전해주기로 했다.

커피를 다 비웠을 즘 초인종이 울렸다. 영이 현관문을 여니 다운과 처음 보는 히스패닉계 여자가 서 있었다. 예기치 못한 상황에 영은 주춤했다. 영은 다운에게 한국어로 물었다.

"누구예요?"

"같은 연구소 직원이에요."

여자가 영에게 먼저 인사를 건넸다. 여자는 자신을 MJ라고 소개했다. 다운은 막 인사를 나눈 두 사람에게 영어와 한국어를 섞어 부연 설명을 해주었다. MJ에게는 영이 자기 팀 치프의 딸이란 사실을, 영에게는 MJ가 그와 같은 팀은 아니나, 협력할 만한 주제가 있어 미팅 중이었다는 사실을. 영이 물었다.

"미조 씨는요?"

"몸이 안 좋아서 좀 쉬다가 오후에 출근할 거예요. 같이 봤으면 좋았을 텐데, 그렇죠?"

영은 성의 없이 고개를 끄덕였다. 다운은 유 씨를 의식해서인지 가끔 지나치게 살가웠다. 다운은 유 씨의 USB와 추가로 부탁한 책을 찾기 위해 서재로 들어갔다.

할 게 없어진 영은 차를 준비했다. MJ는 집 안에 엉거주춤 선 채 벽에 붙은 그림을 칭찬했다.

"발레리나 그림이네요. 직접 사신 건가요?"

MJ는 아주 느리고도 또박또박하게 말했다.

"아뇨, 누가 그린 건지도 몰라요. 빌린 집이라."

영은 뜨거운 물에 티백을 담갔다. 영이 잔을 건네자 MJ는 정중히 손을 올렸다.

"차는 괜찮아요. 이미 마시고 와서."

MJ는 발레리나 그림이 마음에 들었는지 그 앞에 계속 서 있었다. 다운은 그때까지도 유 씨의 방에서 책을 찾는 중이었다. 영은 MJ의 곁에 섰다. 그림 속 발레리나는 한쪽 다리를 뒤로 꺾은 채 눈을 감고 있었다. 드가의 모작인가 했더니, 그보다 선이 거칠고 채색하지 않은 부분이 군데군데 보였다. MJ가 말했다.

"예전에 발레를 했어요. 지금도 취미로 하고 있고요."

연구소에서 일한다면 이공계 쪽일 텐데. 영은 상반된

특성이 한 사람에게 있다는 게 신기했다. 영은 더듬더듬 영어로 답했다.

"저도 춤을 춰요."

"댄서예요?"

"아뇨, 아직은. 그냥 준비하고 있어요."

무엇을? 하고 MJ는 눈으로 물었다. 영도 뭘 준비하고 있는지, 준비가 끝나긴 할지 궁금했다. 두 사람 사이에 대화가 끊겼다. MJ는 두 손을 교차한 뒤 자기 눈 위로 얹었다. 그녀는 날개를 접은 나비처럼 손을 움츠리고 있다가 다시 펼쳤다. 손가락 사이로 깊은 갈색 눈이 드러났다.

"최근 본 무용 공연에서 이런 동작이 있었어요. 아름답죠?"

주말이면 영화나 연극, 전시회를 찾아 나선다는 MJ는 현실적인 문제 때문에 발레를 포기했지만, 여전히 춤과 예술을 사랑한다고 했다.

"제가 좋아하는 감독이 이번에 중편 영화를 발표해요. 큰 극장은 아니지만요."

"어디서 하는데요?"

"나중에 장소 보내줄게요. 아마 당신도 좋아할 거예요."

MJ가 영의 전화번호를 물었다. 영은 이게 단순히 문

화적 차이에서 느낄 법한 인위적인 친절함인지, 아니면 자기도 모르는 사이 어떤 징조가 그들 사이에 오간 건지 궁금했다.

다운이 유 씨의 침실에서 책을 찾았다며 소리쳤다. MJ가 웃더니 먼저 현관으로 향했다. 영은 다운이 책을 챙겨 나오기 전, MJ에게 악수를 청했다. MJ는 놀랍게도 영의 손을 잡아당겨 포옹했다.

"오랜만에 아티스트를 만나서 기뻤어요."

MJ의 말은 진심인 듯했다. 다운이 책을 챙겨 나오자 그들은 미련 없이 집을 벗어났다. 영은 창가에 서서 그들이 반대편 거리로 멀어지는 모습을 눈으로 좇았다.

발레리나의 몸은 좀더 부드러울 것 같았는데 예상보다 딱딱했다. 그것이 영이 느낀 MJ의 첫인상이었다.

*

며칠 뒤 영에게 정말 영화 상영 장소가 메시지로 도착했다. 상영일은 유 씨가 공동 연구팀과의 점심 식사로 자리를 비우는 주말이었다. 영은 고민 없이 IFI 영화관으로 향했다.

영화관 내부엔 청년 감독들의 작품을 소개하는 특별전 포스터가 붙어 있었다. MJ가 알려준 영화는 오후 6시 상영이었다. 둘 중 누구도 함께 영화를 보자는 말은 하지 않았지만, 영은 로비에 서 있는 내내 가슴이 두근거렸다.

검은 머리칼의 여자는 모두 MJ이거나, MJ일 가능성이 있었다. 금세 나타날 거라는 예상과 달리, MJ는 어디에도 보이지 않았다. 상영 시간이 점점 가까워지자 영은 풀이 죽었다. 낯선 이의 호의에 과한 기대를 했는지도 몰랐다.

영은 상영관에 홀로 들어갔다. 자리에 앉은 뒤에도 미련을 버리지 못하고 MJ의 모습을 찾았다. 상영관은 정시에 맞춰 암전됐다. 영은 관람석에 등을 기댔다. 영화 제목은 「Underground Butter」로, 노라라는 노파가 죽은 친언니의 뱀파이어 남자친구 핀과 60년간 기이한 동거를 이어간다는 내용의 판타지물이었다.

영은 스크린을 응시했다. 첫 장면은 나이 든 노라가 허름한 거실을 오가는 일상적인 광경이었다. 낡은 창문으로 따스한 오후의 햇살이 들이쳤다. 노라의 주름진 몸은 병에 걸렸나 싶을 정도로 연약해 보였다. 영은 지나를 떠올렸다.

아직도 이지나를? 맞다. 아직도, 여전히 이지나였다.

지나는 처음 보는 사람들조차 염려할 정도로 몸이 말라 내내 한약을 달고 살았던 데다가, 남에게 막말을 자주 들었다. 낯선 남학생들이 지나의 마른 다리를 한 번만 차 보고 싶다며 웃음을 터뜨리거나 지나를 바로 앞에 두고 기아라고 수군거렸다.

스크린 속 노라는 이제 아침을 먹기 위해 부엌 의자에 앉았다. 냉장고는 고장이 났는지 위아래 칸이 모두 열려 있었다. 축축한 머리칼을 모아 핀으로 고정한 뒤 노라가 지하실 문을 향해 소리쳤다.

"핀, 요새 나 어려지는 것 같아."

"그래? 어떤 부분이?"

문 안쪽에 있는 남자가 핀인 듯했다. 노라의 음성이 한층 커졌다.

"머리숱이 없어. 옅고, 가늘고, 얇고. 갓 태어난 것 같아."

핀이 웃었다. 노라는 식사를 마친 뒤 빈 접시를 들고 지하실 문 앞으로 향했다. 표면이 거칠고 군데군데 갈라진 나무 문을 열자 또 다른 이중 철문이 나타났다. 노라는 문 아래 난 네모난 구멍으로 그릇을 집어넣었다.

"버터 한 조각만 줘. 저녁에 쓸 거야."

핀이 계단 아래로 내려가는 소리가 났다. 노라는 문 앞에 주저앉아 주름진 두 눈을 감았다.

"버터를 쓰려면 실온에 둬야 해. 먹을 때는 따뜻하게. 보관은 차갑게…… 퀸이 그날 그런 말을 했었는데."

노라는 머핀을 굽겠다며 밀가루를 사러 간 언니가, 피를 흘리며 돌아왔던 저녁을 회상했다. 환한 빛과 함께, 어린 노라와 퀸으로 보이는 십대 여학생이 화면에 나타났다. 퀸의 품엔 밀가루 대신 한 남자가 안겨 있었다.

"난 그때 아직 어려서, 퀸 옷에 묻은 피를 보고 생리혈이 묻은 건가 싶었어. 퀸이 나중에 그 말을 듣더니 날 때리면서 웃었잖아. 기억해?"

핀은 대답이 없었다. 계단을 오르는 발소리도 들리지 않았다. 노라는 철문을 두드렸다. 핀의 이름을 연속해 부르던 노라는 찬장에서 낡은 열쇠를 꺼내 굳게 닫힌 지하실 문을 열었다.

"핀?"

노라는 계단을 따라 내려갔다. 한 점 빛도 없는 공간이었다. 거의 기어 내려가야 했다. 노라가 무릎을 바닥에 댄 채 조심스레 앞으로 손을 뻗었다. 겨우 계단을 다 내려갔지만, 손에 잡히는 건 철제 앵글뿐이었다. 그곳엔 고장 난 냉장고에서 꺼낸 온갖 식품이 가득 차 있었다. 노라는 앵글 위를 더듬었다. 손에 물컹한 버터가 닿았다. 그것은 딱 한 덩이의 버터, 노라를 위해 핀이 잘라둔 오후의 버터였다.

그때 영의 휴대폰이 울렸다. 사람들의 시선이 쏠렸다. 스크린 속 노라는 무엇을 보았는지 뭉개진 버터를 땅에 버렸다. 영은 주머니를 뒤적였다. 휴대폰 액정에 지나의 이름이 떠 있었다. 음악이 고조됐다. 누군가가 힘껏 발을 굴리며 지하실 계단을 올라갔다. 영은 상영관 밖을 향해 뛰쳐나갔다. 스피커에서 비명이 튀어나왔다. 영은 숨을 두 번 고르고 전화를 받았다.

"지나야."

그 부름 이후론 정적이었다. 영은 말을 잇지 못했다. 수화기 너머로 지나의 숨소리가 들렸다. 영은 눈물이 났다. 아일랜드와 한국의 시차가 몇 시간이었지? 영은 거듭 셈했다. 지금 지나가 있는 곳은 못해도 새벽 두 시였다. 얼른 자야 제시간에 회사에 갈 텐데. 어쩌려고 이런 시간에 전화한 걸까?

영은 계속해서 지나의 이름을 불렀지만 돌아오는 건

침묵뿐이었다. 영은 울다가, 웃었다. 그래도 지나가 전화를 해주었다는 사실이, 지난 1년간의 공백을 단숨에 쪼그라뜨렸다. 영은 공통된 화제를 찾다가 SNS에서 본 수진의 이혼 소식을 꺼냈다.

"너도 알지? 수진이 최근에 이혼했더라. 평생 갈 것 같더니만. 올해가 그런 해인가 봐. 오래 사귄 사람들이 흩어지는 해."

영이 생각해도 지나와 자신은 흩어진 것에 가까웠다. 한때 하나였던 물질이 쪼개지면 그 안의 요소까지 흩어지기 마련이니까. 영은 이후로도 수진의 성격을 알지 않느냐며, 괜히 전화 받았다가 붙들리지 말라고, 너 옛날부터 전화를 잘 못 끊지 않았느냐고 대화를 이어갔다.

받기 싫은 전화도 꾸역꾸역 받는 만큼 하기 싫은 전화도 꾸역꾸역 해줘서, 영은 참 고마웠다. 영이 수진의 전 남자친구 이야기를 하려던 찰나, 지나가 조심스럽게 말을 이었다.

"나 곧 결혼해. 그 말 하려고 전화했어."

복도에서 전화를 받는 건지 목소리가 울렸다. 영은 지나의 말을 곱씹었다.

"설마 회사 사람이야?"

"내가 회사에서 누굴 만나."

"그럼 뭔데? 갑자기 누구랑 결혼을 해?"

지나는 침묵했다. 영은 전화가 끊긴 건 아닌지 확인했다. 통화 시간은 계속 늘어갔다. 영의 머릿속에서 흩어졌던 퍼즐이 하나둘 맞춰졌다.

지나만의 특별하고도 개인적인 이별 사유가 있을 거라고 생각했는데, 5년간 함께한 여자친구를 차버린 게 고작 결혼 압박 때문이었다니. 와, 이지나. 그렇게 안 봤는데. 와, 뻔한 레즈는 되지 말자고 그렇게 약속한 주제에. 와, 이지나.

영은 지나가 친구를 만난다며 집을 비웠던 순간들을 떠올렸다. 혹시 그때부터 바람이 시작된 건 아닐까? 헤어진 지 1년도 안 됐는데 결혼이라니. 아니면 극성 맞은 부모의 성화에 선이라도 본 걸까.

"너 혹시 내가 남자랑 결혼한다고 생각하는 거야?"

"그럼?"

"나 여자랑 해. 첫사랑이랑. 우리 뉴욕 가서 결혼하기로 했어. 네가 마지막에 보낸 문자, 언니가 우연히 보고 오해해서 연락한 거야. 깨끗이 정리하려고. 보증금 다 가져도 괜찮으니까 이제 연락하지 마."

지나는 뉴욕이 외국인이 결혼하기 꽤 좋은 도시라고 했다. 결혼 증서가 2분도 안 되는 예식을 통해 나왔으며, 그 증서는 지나에게나 그녀의 첫사랑에게나 의미 있는 일이었다.

"그것만 있으면 다른 나라에서도 부부로 인정받을 수 있대. 그리고 나 뉴욕도 좀 가보고 싶었어. 너도 알지? 거기 마운트 톰 있는 거."

그래, 알지. 영은 속으로 생각했다. 그곳에 방문하는 건 지나의 오랜 버킷리스트 중 하나였다. 하지만 영은 쓸모없이 크기만 한 바윗덩어리보다 고등학교 교사로 근무한다는 지나의 첫사랑이 더 신경 쓰였다. 여자끼리 만나는 게 버겁다며 사귄 지 세 달 만에 지나를 차버린 사람이었다. 영은 그런 사람이랑 정말 결혼할 수 있겠느냐는 걱정 어린 물음을 건네고 싶었다. 하지만 입에서는 전혀 다른 말이 튀어나왔다.

"결혼할 수 있었던 거면 왜 나랑은 안 했는데?"

"뭐?"

"법적으로 인정받지도 못하는 결혼, 돈이랑 시간 써가면서 할 거였으면 왜 나한테는 말도 안 꺼냈던 거냐고."

"그걸 몰라서 물어?"

"내가 어떻게 알아. 너 그냥 헤어지자면서 그길로 짐 싸서 나갔잖아."

지나는 다시 침묵했다. 영은 그 침묵을 견딜 수 없었다.

"무슨 말이라도 좀 해봐."

"있잖아, 우리는 조용히 상처받는 관계였어."

영은 숨을 멈췄다. 지나의 음성이 전에 없이 낮아졌다.

"네가 화내는 걸 본 게, 우리가 처음 만난 칠순 잔치가 마지막이었던 거 알아?"

성격 좀 있을 것 같아 걱정했는데, 막상 사귀어보니 그렇지도 않았다. 이지나가 마지막 기회라도 되는 것처럼. 사랑 받고, 사랑 주고. 그것만이 연인 사이에 할 수 있는 최선인 것처럼. 지나가 보기에 영은 매번 미련할 정도로 화를 참았다. 그러다 혼자 화를 풀고, 아무 일 없다는 듯 다가왔다. 가끔 투정을 부리긴 해도, 부당한 걸 부당하다고 따지지 못했다.

지나의 음성이 점차 고조됐다.

"지금도 봐. 넌 나한테 욕 한번 못 하잖아. 내가 잘못한 일도 네가 사과해서 나만 또 나쁜 년 만들잖아. 사람이 화도 좀 내고, 속에 있는 것도 풀어야지. 안 그러면 너 썩어. 너 진짜 쓰레기처럼 썩는 거야, 영아. 네가 나한테

화낸다고, 내가 그래서 상처 입는다고, 그게 그렇게 나쁜 일이야? 우리가 서로를 좀 때릴 수도 있지. 아프게 할 수도 있지. 내가 말했잖아. 어차피 모든 관계는 상처야. 안 아프게 하는 관계는 없어. 그게 사람이라고. 그게 사는 거라고."

"……"

"그러니까 무슨 말이든 좀 해봐."

지나는 끝내 울음을 터뜨렸다. 우는 건 영의 특기지, 지나의 특기가 아닌데도. 수화기 너머로 누군가가 지나에게 와 무슨 일이냐고 묻는 소리가 들려왔다. 영은 선 자리에서 주저앉았다.

영은 움직임 수업을 들었던 어느 해 겨울을 떠올렸다. 그날도 영은 펑펑 울었다. 그날 수업에서 영만 앞구르기에 실패했다. 모두가 공처럼 데굴데굴 굴러가는 와중에, 영은 무릎을 꿇고 머리를 바닥에 박는 것 이상으로는 아무것도 할 수 없었다. 영은 집으로 돌아와 지나의 품에 안겼다.

"나 아무래도 재능이 없나 봐. 계속해도 안 돼."

초등학생도 하는 앞구르기를 영만 못했다. 영은 나무가 되고, 동물이 되고, 보깅과 왁킹, 방송 댄스를 오가면서도 잘하는 걸 하나도 찾을 수 없었다. 내가 춤을 출 수 있기는 할까? 이대로 나만 여기 멈춰 있으면 어떡하지? 지나는 주저앉으려는 영을 일으켜 세웠다.

"그러지 말고 우리 게임하자."

지나는 뜬금없이 림보 게임을 제안했다. 처음에 영은 싫다고 했지만, 지나의 설득에 못 이겨 짝이 맞지 않는 의자를 마주 보게 만들었다. 지나와 영은 상체를 뒤로 젖히고 청소용 마대 앞에 섰다. 마대를 떨어뜨릴 때마다 맥주를 마시는 게 벌칙이었기 때문에, 영은 얼마 지나지 않아 잔뜩 취했다. 지나는 어느 순간 마대를 손으로 들더니, 사람이 들어갈 수 있을까 싶을 정도로 바닥에 낮게 댔다. 영은 웃었다.

"그걸 어떻게 해."

"해봐. 재밌을 거야."

영은 몸을 뒤로 젖혔다. 어차피 성공하지 못할 높이였기에, 마대를 떨어뜨릴 요량으로 무작정 나아갔다. 하지만 마대는 몸에 닿지 않았다. 단단한 표면이 영의 코 위를 아슬아슬하게 스쳤다. 영은 뒤로 젖힌 몸을 일으켰다. 지나는 놀란 표정이었다. 지나가 영을 끌어안았다.

"봐, 되잖아. 네가 해냈잖아!"

앞구르기를 못하면 림보를 하면 되는 거야, 알겠어? 지나가 속삭였다. 두 사람은 지칠 때까지 웃다가 쓰러졌다. 지나는 영 쪽으로 고개를 돌렸다. 둘의 눈에 서로의 얼굴이 비쳤다. 지나가 물었다.

"같은 철자는 아니지만, 림보엔 연옥이란 뜻도 있는 거 알아?"

"아니, 처음 들어."

"다들 연옥이 적당히 살면 가는 줄 아는데, 거긴 죄지을 기회조차 없는 사람들, 남을 때려보고 싶단 생각도 못 해본 사람들이 가는 데래."

영은 지나의 말에 귀 기울였다. 지나는 그런 희한한 지식을 많이 알았다. 비행기가 공중에서 어떻게 연료를 채우는지, 입안에 넣을 때만 해도 부드러웠던 껌이 어떻게 질겨지는지, 모두 알았다.

영은 그런 지나가 좋았다. 한때 소설가를 꿈꿨지만 평범한 회사원이 된 지나를, 무언가를 노력하던 때를 잊지 못해 댄서 지망생을 사랑하게 된 그녀를.

영은 지나의 가슴에 얼굴을 묻었다. 브래지어를 풀고, 바지를 벗겼다. 섹스가 끝난 뒤엔 창문을 열고 라면을 끓여서 함께 나눠 먹었다. 발은 찬데 국물은 뜨거웠다. 영은 야식을 먹고 후회하는 새벽이 영원할 것이라고 여겼다. 울고, 먹고, 사랑하다가, 지나가 어쩌다 한번 너 진짜 웃겨, 하고 말해주면 더 바랄 것이 없었다.

영이 말했다.

"그래도 네가 통계에 기여했네, 지나야."

무슨 말인가 싶었는지 지나가 훌쩍이는 소리를 멈췄다. 비염이 있는 지나는 벌써 코 한쪽이 막혀 있었다.

"수진이가 이혼하니까 네가 결혼을 다 하잖아. 이혼하는 사람이 있으면 결혼하는 사람도 있는 거지. 다 그렇게 사는 거지. 죽으면 태어나고, 태어나면 죽고. 사랑하고, 이혼하고. 근데 나, 마운트 톰 한 번도 잊은 적 없었어. 너 뉴욕에 있는 그 바위에 앉아서 포의 생각을 들여다보겠다고, 그게 네가 원하는 관광이라고 말했잖아. 축하해, 지나야. 결국 거기 다녀오겠네. 잘 살아. 작두콩차 많이 마셔."

지나가 무슨 말을 하려고 했지만, 영이 서둘러 전화를 끊었다. 영화가 끝났는지 상영관 문이 열리며 하나둘 관객들이 빠져나왔다. 영은 그들 사이에서 MJ를, 혹은 괜찮으냐고 물어줄 누군가를 기다렸다.

지나는 이제 쪽잠을 자고 피로를 견디며 회사로 출근할 것이다. 오전 8시 반, 늘 그랬듯이 일찍 출근한 지나는 물티슈로 회사 책상을 닦는다. 아직도 무선 이어폰을 고치지 못해 고개를 비스듬히 기울인 채, 어깨와 귀 사이에 휴대폰을 아슬아슬하게 끼워 넣고 그녀의 첫사랑을 달랜다. 그래, 다 처리했어. 이제 더 이상 연락 안 올 거야. 안심해. 우리 매그놀리아 가서 컵케이크 먹을까? 너무 뻔해? 자기 생각은 어떤데?

"거기서 뭐 해요?"

영은 고개를 들었다. 그곳엔 영화 팸플릿을 들고 있는 MJ가 서 있었다. MJ는 울먹이는 영에게 차가운 주스를 건넸다.

"무슨 일인지 말하고 싶어요?"

"아뇨."

"그럼 술이나 마시러 가요."

영은 그 제안에 고개를 끄덕였다. 영의 곁은 이제 비었다. 그곳엔 누군가 앉았다 간 온기뿐이었다.

*

영과 MJ는 차로 20분을 달린 끝에 한적한 펍에 도착했다. 가게 문을 열고 들어가자 두 사람에게 시선이 집중

됐다. 직원은 Lady's Night라고 새겨진 스탬프를 영의 손등에 찍었다.

펍 안엔 여자들뿐이었다. 영은 MJ를 바라봤다. MJ는 혹시 이런 곳이 불편하냐고 물었다. 영은 불편하기는커녕 마치 집처럼 친숙했다. 영이 물었다.

"날 여기 왜 데려온 거예요?"

"궁금해할 것 같아서요. 이곳 문화에 대해."

영과 MJ는 구석진 곳에 자리 잡았다. 맥주 두 병과 닥터페퍼 한 캔, 블랙 체리 케이크를 주문했다. MJ는 맥주와 케이크를 같이 먹는 게 별미라고 했다.

"맥스가 당신 본명이 영현이라던데 맞나요?"

"맥스는 누구예요?"

"그날 당신 집에 함께 갔던 한국인 남자요."

다운의 영어 이름은 언젠가 봤던 미국 애니메이션 속 개 이름과 같았다. 영은 자기의 풀네임이 장영현이며, 사람들에겐 보통 영이라고 소개한다고 말했다.

"영은 한국어로 숫자 제로와 발음이 같아요."

영은 나무로 된 식탁 위에 크게 동그라미를 그렸다. MJ가 막 나온 닥터페퍼 캔을 땄다. MJ의 풀네임은 마리나 히메네스였다.

"어릴 때 부모님이랑 아일랜드로 넘어왔어요. 출신을 밝히기 싫을 땐 그냥 MJ라고 소개해요."

영은 '넘어오다'라는 단어를 한번에 못 알아들었다. MJ는 검지와 중지를 테이블 위에 거꾸로 세운 뒤, 이 지점에서 저 지점까지 앞으로 걷는 시늉을 했다.

"내 나라에서 아일랜드로. 이렇게 왔다고요."

서버가 맥주 두 병과 체리 케이크를 그들 앞에 내려놨다. 영은 MJ의 표정을 살폈다.

"여기서 사는 게 만족스러워요?"

"그럭저럭요. 하지만 언제 떠날지 몰라요."

MJ에게 그건 당장 내일이라도 일어날 수 있는 일이었다. 영에게는 천국과도 같은 아일랜드가 MJ에겐 별 의미 없는 장소 같았다. MJ는 상영 중 울렸던 전화벨의 주인이 영이란 사실을 알고 있다며, 노라와 핀의 이야기가 어떻게 끝났는지 알고 있느냐고 물었다.

"어떻게 끝났는데요?"

"아름답게, 아름답게 끝났어요."

MJ는 영화의 결말을 알려줬다. 노라가 녹은 버터를 만진 순간 핀은 계단 위로 급히 뛰어간다. 깜짝 놀란 노라가 핀의 뒤를 쫓는다. 하지만 핀은 젊고 건강하다. 핀은 집 밖으로, 자신을 재로 만들어버릴 햇빛 아래 순식간에 선다. 노라가 뒤늦게 따라 나왔을 땐 도로 위에 회색 재만이 남아 있다. 노라는 마당에 무릎을 꿇으며 고개를 젓는다. 대화 중 어떤 말이 핀의 방아쇠를 눌렀나? 이 일은 오래된 계획인가 아니면 한순간의 충동인가? 노라는 그 답을 알 수 없다.

타이밍 좋게 냉장고 수리 기사가 온다. 수리 기사는 울부짖는 노라를 집까지 부축해주며 살갑게 말을 붙인다. 무슨 일 때문에 그러세요? 도움이 필요하신가요? 노라는 수리 기사의 손을 뿌리치고 지하실로 달려가 불을 켠다. 철제 앵글을 제외하면 아주 따스하고 아늑한 공간이다.

노란색 벽지, 수많은 쿠션, 점자책과 말린 꽃으로 가득하다. 퀸이 지병으로 죽기 전까지, 자매가 최선을 다해 꾸민 밀실이었다. 노라는 그곳만큼 완벽한 침실은 없다고 생각한다. 핀의 침대에 몸을 누인다. 노라의 창백한 얼굴에 눈물이 흐른다. 위층에서 냉장고를 수리하는 소음이 아득히 들려온다. 노라는 눈을 뜬다. 천장엔 핀이 남겨둔 메모와 그림이 가득하다. 노라는 처음 보는 그것들을 읽기 위해 앵글 위로 올라간다. 가장 가까운 곳에 붙은 메모를 떼어낸다. 그러다가 바닥으로 추락한다. 기사가 다급히 지하로 내려온다. 기사는 쓰러진 노라를 보고 911을 부른다. 노라는 고통을 참으며 메모를 읽는다. 그것은 핀이 남긴 유서다. 유서는 하나가 아니다. 천장 전체에, 이 밀실 곳곳에 남아 있다. 메모 속 핀은 말한다. 네가 날 그리워할 때마다 읽으라고 남겨뒀어. 수리 기사가 노라를 둘러업는다. 환한 햇살이 계단을 오르는 두 사람을 비춘다. 지하실 벽면엔 뱀파이어와 어린 자매가 그려져 있다.

"그게 끝이에요."

MJ의 말에 영이 물었다.

"당신이라면 지하실에서 뛰쳐나갔을까요?"

"네. 하지만 나라면 내 여자와 같이 나갔을 거예요. 밤을 틈타서."

MJ는 여자라는 단어를 강조했다. 영은 생크림 위 체리 장식을 들어 손으로 뭉갰다. 이제 이 펍에서 나가고 싶었다. 영은 오래전 지나가 해준 신비로운 이야기를 떠올렸다.

"그거 알아요? 체리가 아주 먼 과거에도 존재했단 사실."

"얼마나 오래요?"

"선사시대 때부터 있었대요. 백희가 먹을 수 있었을 만큼, 아주 오래전부터."

영은 짓이겨진 체리 위로 냅킨을 덮었다. 흰 냅킨이 핑크빛 시럽에 물들었다.

"지금도 그저 스쳐 지나가는 순간일 수 있어요."

영이 말했다.

"그래서요?"

MJ가 물었다.

"그래도 괜찮다면, 같이 나가요."

이 펍이 아닌 어딘가로. 그게 누구의 집이든 간에. MJ는 지갑을 꺼냈다. 영은 그녀가 술값을 치르는 모습을 보았다. MJ는 점원에게 친절했고, 팁을 아끼지 않았다. 그들은 함께 밖으로 나섰다.

"당신 집으로?"

영이 물었다. MJ는 고개를 끄덕였다.

그들 머리 위 가로등으로 나방이 모여들었다. 두 사람은 택시를 불러 집으로 향했다. 손등에 찍힌 Lady's Night는 아직 지워지지 않았다.

식물도감과 화집

아일랜드의 여름은 평균 기온이 낮고 대체로 건조해 쾌적하게 보내기에 적합하다. 하지만 그 때문에 여름철 피서지의 밝은 분위기를 기대하기는 어렵다.

흰색, 회색, 가끔 푸름. 아일랜드의 하늘은 대체로 이런 식이었다. 그러다 보니 체류한 지 한 달을 훌쩍 넘긴 연구원들도 피부색에 큰 변화가 없었다. 오히려 안색이 파리했다. 그중에서도 유 씨는 눈에 띌 만큼 낯빛이 좋지 않아, 영은 회의실 뒤쪽에서도 그를 한눈에 알아볼 수 있었다.

영은 가운 깃을 여미며 딱딱한 의자에 등을 기댔다.

오늘 아침 연구소에 유 씨를 내려준 뒤 바로 집으로 가지 않고 이 회의실에 남은 건 오로지 그가 남긴 말 때문이었다.

"회의 끝난 뒤에 같이 갈 데가 있어. 언제 끝날지 모르니까 남아서 기다려."

하지만 긴급 소집된 오전 회의는 좀처럼 끝날 기미가 보이지 않았다. 영은 지루함을 참으며 MJ가 있을지도 모를 반대편 복도를 흘끗거렸다.

모든 것이 서툴렀던 그날 밤 이후, 그들은 두 번의 저녁을 함께했다. 더 이상의 진전은 없었지만 영은 틈날 때마다 MJ가 보고 싶었고 그건 MJ 역시 마찬가지였다. 영은 오늘도 유 씨와의 일정이 끝나면 MJ에게 연락할 생각이었다. 섣부르게 굴려는 건 아니었다. 다만 도약할 기회를 얻고 싶었다.

마지막 발표자인 유 씨가 회의실 단상 앞에 섰다. 그 옆엔 공동 연구팀의 총책임자인 돈 베리건도 함께였다. 말이 공동 연구팀이지, 사실상 유 씨 일파와 돈 일파로 나누어진 회의실 안은 적팀과 청팀으로 양분돼 있었다.

유 씨와 돈은 무슨 이야기를 나누었는지 표정이 좋지 않았다. 유 씨는 평소보다 격앙된 어조로 발표를 시작했다. 그때마다 돈이 중간중간 유 씨의 말을 끊고 끼어들었다. 그들이 쓰는 전문 용어를 대부분 알아듣지 못한 영은 앞자리에 앉은 미조와 다운을 살폈다. 두 사람의 표정은 심각했다. 영은 유 씨가 회의실을 박차고 나간 후에야, 유 씨와 돈 사이에 어떤 대화가 오갔는지 전해 들을 수 있었다.

"백희 몸을 아직 못 찾았거든요."

미조가 근심어린 표정을 지었다. 유 씨의 의지에 따라 백희의 머리가 발견된 이탄지를 헤집어봤지만 의미 없는 퇴적물만 나왔다. 백희의 몸은 이탄지가 아닌 다른 곳에서 이미 썩어 사라졌을 수도 있었다. 그러나 유 씨는 그 같은 주장을 받아들이지 않았다. 종교적 제의의 희생양이었든, 원주민에 의한 처분이었든, 백희는 다른 이의 손에 살해당했다. 목 아래의 거친 절단면이 그 사실을 입증했다.

설령 백희의 몸이 지상에 없다 할지라도, 할 수 있는 만큼 해보지 않는다면 그 미스터리는 영원히 미궁에 빠질 터였다. 이를 가만히 눈 뜨고 볼 수 없었던 유 씨는 이탄지 너머, 땅 주인과 협의한 주변 늪까지 발굴해야 한다고 목소리를 높였다.

문제는 비용이었다. 기존에 배당된 연구비를 이미 많이 소진한 상태라 추가로 큰돈을 끌어오는 데는 무리가 있었다. 그 사실을 유 씨도 잘 알았다. 돈은 공동 책임자로서 유 씨를 말려야 했다. 필요한 DNA 분석이 백희의 머리를 통해 잘 진행되고 있으니, 현재 발굴 범위를 유지하자고 돈은 유 씨를 거듭 설득했다. 돈에게도 이탄지에서 발견된 동양인 미라는 흥미로웠지만, 유 씨의 고집을 다 들어줄 수는 없었다.

그러나 유 씨가 서두르는 이유는 따로 있었다. 며칠 후면 한국에서 취재팀이 올 예정이었다. 그는 백희가 어째서 살던 곳을 떠나 이 멀고 먼 땅에 당도하게 되었는지, 그 서사를 촬영팀에게 전달하고 싶었다.

유 씨는 백희가 동양인 특유의 마른 귀지 유전자를 가진 사실에는 전혀 관심 없었다. 유 씨에게 있어 백희는 단순한 연구 대상이 아닌 미래의 후손을 위한 과업이었다. 이를 완수하기 위해선 한 방이 필요했다. 백희가 고향을 떠나 여기까지 어떻게 왔는지를 설명할, 확실한 한 방이.

그 정보들은 백희의 몸에 남아 있을 거였다. 관절의 퇴행 정도, 신체적 특징, 출산 여부까지도. 유전자 분석으로도 어느 정도 알아낼 수 있는 정보였지만, 몸이 보여주는 것만큼 확실하진 않을 것이었다. 대중의 마음을 사로잡는 건 언제나 뼈와 근육을 포함한 살덩이였기에.

영은 한참을 헤맨 끝에 주차장에서 유 씨를 만났다.

"가자. 약속 시간에 늦겠어."

"회의는 어떡하고?"

"그건 이미 끝났어."

영은 연구소 쪽을 한번 돌아보았다. 연구원 두셋이 착잡한 얼굴로 그들을 바라보고 있었다. 영이 운전석으로 다가가자 유 씨가 앞을 가로막았다.

"내가 운전할 테니까 조수석에 타."

영은 잠자코 유 씨의 말을 따랐다. 그는 화가 났다기보다 슬퍼 보였다. 유 씨가 가려는 곳의 주소는 이미 내비게이션에 등록돼 있었다. 차가 도로 위로 미끄러졌다.

"어디 가는 건지 끝까지 말 안 해줄 거야?"

유 씨는 대답 대신, 엉뚱하게도 첫날 나누었던 태몽 얘기를 다시 꺼냈다.

"어느 날 네 엄마 옆에서 낮잠이 들었는데, 갑자기 뿌연 안개 속에서 눈을 떴어."

유 씨는 그날 꿈속에서 어둑한 평원을 한참 거닐었다고 했다. 눈앞에 보이는 것은 안개뿐이었지만, 그곳이 드넓은 들판이라는 사실은 금세 알아차렸다. 그는 한참 걷다가 주저앉아 안개가 걷히길 기다렸다. 그때 먼 곳에서 기괴한 울음소리가 들렸다. 아이 울음소리 같기도 하고 짐승의 비명 같기도 한 괴성이 점점 가까워지더니, 그가 선 땅 바로 아래까지 다가왔다. 유 씨는 놀라 뒷걸음질 쳤다. 큰 울음소리와 함께 땅이 갈라지며 그 틈으로 기이한 덩굴이 솟았다. 덩굴 끝에는 거대한 꽃봉오리가 맺혀 있었다. 꽃봉오리가 펼쳐진 순간, 유 씨는 잠에서 깼다. 그의 몸은 땀에 흠뻑 젖어 있었다. 다음 날, 유 씨는 애증하는 영례에게서 임신 소식을 전해 들었다.

"나는 태몽 같은 건 믿지 않았으니까, 내가 언젠가 본 꽃이 꿈속에서 나온 거라고 생각했지. 그래서 온갖 도감과 화집을 다 찾아봤어."

하지만 그 어떤 책에서도 꿈에서 본 꽃을 찾을 수 없었다. 처음 품에 안은 영도 마찬가지였다. 어린 영은 여태 그가 만나본 사람들, 영례와 그 자신마저도 닮지 않았다. 유 씨에게 있어 영은 독보적인 존재였으며 이해할 겨를을 갖기도 전 품에서 떨어져 나갔다. 그게 유 씨가 생각하고 있는, 영현이란 존재였다.

어느새 차는 나무가 우거진 숲길을 내달렸다. 뜨거운 햇살이 앞유리창을 뚫고 들어왔다. 영은 선바이저를 내렸다. 유 씨가 어째서 이런 이야기를 꺼낸 것인지 알 수 없었다. 뒤늦게 부녀 관계를 개선해보려는 것이라면 방식이 잘못됐다. 차가 서서히 속력을 줄였다. 유 씨는 덤불이 무성한 숲에 차를 세웠다.

"우리가 만날 사람은 쉴라라는 여자야. 아일랜드인 샤먼이지."

영이 유 씨를 바라보자 그가 설명을 덧붙였다.

"백희의 몸을 찾기 위해 수소문하다가 몇 대에 걸쳐 샤먼의 대를 이어온 가문을 알게 됐어. 그 후손이 쉴라야."

유 씨는 처음엔 반신반의했지만, 점차 쉴라의 이야기에 빠져들었다고 했다. 쉴라는 유 씨가 자기에게 온 이유를 어렴풋이 짐작하고 있었을 뿐 아니라, 백희의 사라진 몸이 흐릿하게나마 보인다고 주장했다. 백희의 몸이 묻힌 곳을 정확히 알기 위해선 백희 앞에 직접 데려다 달라고 당당히 요구하기도 했다.

하지만 유 씨로서는 그런 위험을 감수할 수가 없었다. 연구소엔 보는 눈이 많았다.

"혹 다른 방법은 없을까요?"

쉴라는 집 마당의 낡은 카우치에 앉아 유 씨를 뚫어지게 응시했다. 그러더니 당신의 가까운 곳에 춤을 추는 여자가 있지 않느냐고 물었다.

"그 여자를 제게 데려와주세요. 그녀가 백희를 찾는 매개체가 돼줄 거예요."

그것이 쉴라가 제시한 마지막 타협안이었다. 그리고 유 씨는 고민 끝에 오늘, 춤을 추는 영을 이탄지로 데려온 것이다.

"네가 싫다면 강요하지 않겠지만, 날 위해 한 번만 쉴라를 만나줬으면 좋겠어."

유씨에게서 긴 이야기를 전해 들은 영은 조수석 깊이 등을 기댔다. 똑똑한 척은 혼자 다하면서 동아줄로 붙잡은 게 고작 샤먼이라니. 영은 사기꾼에게 걸린 것 같은 저 멍청한 남자를 도와야 할지, 아니면 이 기회에 돈을 더 뜯어내 MJ와의 미래를 꿈꿀지 고민했다. 영이 유 씨에게 물었다.

"내가 왜 돈도 안 되는 일에 협조해야 하는데?"

유 씨는 오늘 일만 끝나면 약속했던 인건비를 한 번에 주겠다고 약속했다. 영은 고개를 저었다.

"주기로 한 돈에 5백 더 붙이면."

"3백."

"아니, 5백. 깎으면 한국으로 돌아갈 거야."

유 씨는 고민 끝에 수락했다. 영은 안전벨트를 풀었다.

*

쉴라를 만난 곳은 발굴 작업이 한창 진행되고 있는 이탄지였다. 영의 기대와 달리 쉴라의 인상은 평범했다. 거리에서 마주쳤다면 어떠한 이상한 점도 감지하지 못하고 지나쳤을 정도였다. 쉴라가 영에게 주름진 손을 내밀었다.

"당신이 영이군요."

"안녕하세요."

그들은 짧은 인사를 나눈 뒤 이탄지를 바라봤다. 이리저리 헤집어진 땅은 관리하는 사람 하나 없이 방치돼 있었다. 영은 나무 그늘에서 약한 추위를 느꼈다.

"여기서 정말 백희와 대화할 수 있나요?"

유 씨가 물었다. 쉴라는 고개를 끄덕였다.

"정확한 위치는 영을 통해 물어볼 거예요."

쉴라는 같은 핏줄로 연결된 여성을 통한다면 더 안정적으로 백희와 대화할 수 있을 거라고 했다. 거기다 춤을 추고 노래하는 행위는 이편과 저편을 잇는 행위였다. 쉴라는 영만큼 백희를 불러내는데 적합한 사람은 없다고 믿었다.

쉴라는 눈을 감았다. 입에서 알 수 없는 언어가 새어 나왔다. 곧이어 쉴라가 영의 손을 붙들었다. 영은 쉴라의 뜨거운 손이 불편했다.

쉴라의 중얼거림은 혼잣말 같기도 하고, 누군가를 향한 질문 같기도 했다. 마치 목동이 소를 부르듯, 기이한 가성이 목에서 튀어나왔다. 쉴라가 눈을 홉떴다. 영은 섬뜩함을 느꼈지만 쉴라의 손을 뿌리치지 못했다. 쉴라가 영의 손을 힘주어 쥐었다.

"정말 아팠을 텐데 이제는 괜찮아? 정말 괜찮은 거야?"

쉴라가 물었다. 주위가 나무 그림자로 인해 어둑해졌다. 영은 더는 참지 못하고 쉴라의 손을 뿌리쳤다. 그 반동으로 영의 몸이 뒤로 밀렸다. 다음 순간 보인 건 짙은 안개였다.

"아빠?"

유 씨로부터 돌아오는 대답은 없었다. 영은 두렵다기

보단 당황했다. 거듭 유 씨를 불렀지만 그는 묵묵부답이었다. 영은 이탄지 앞에 주저앉았다.

자세히 보니 그것은 질퍽한 늪 같기도 했다. 눈앞의 검은 늪지를 보고 있으려니 무언가 잃어버렸단 느낌이 들었다.

'뭘 잃어버렸을까, 뭘 잃어버렸지?'

영은 불안해진 나머지 늪지에 손을 담갔다.

'기억해야 하는데. 뭘 잃어버렸더라?'

영이 늪에 넣었던 손을 빼자 검은 토탄이 손가락 사이로 흘러내렸다. 영은 손가락 개수를 하나하나 셌다. 하나, 둘, 셋, 넷, 다섯. 이상했다. 다섯 개일 리 없다. 하나는 어디로 갔지?

영은 손가락을 찾기 위해 늪지에 발을 넣었다. 어서 건져야 한다. 사라지기 전에. 손가락과 또 다른 것들. 아직도 찾지 못한 그 귀중한 것들을. 영의 무릎이 이탄지에 깊게 잠긴 순간, 누군가가 그녀의 어깨를 잡아챘다.

뒤돌았을 때 사방에서 햇살이 들이쳤다. 영의 어깨를 잡은 이는 유 씨였다. 그는 창백한 얼굴로 숨을 헐떡였다.

"무슨 일이에요?"

영이 물었다. 땀으로 범벅이 된 쉴라는 헝클어진 머리

칼을 정리했다.

"이제 곧 백희의 몸을 찾을 수 있을 겁니다."

쉴라는 자신했다.

*

되돌아가는 길에 유 씨는 이탄지에서 무엇을 보았느냐고 묻지 않았다. 영도 답할 생각이 없었다. 그들은 낯선 세계에 잠시 발을 담갔다는 사실만으로도 참을 수 없이 두려워 함부로 입을 열지 못했다.

"난 연구소로 가봐야 해."

먼저 침묵을 깬 건 유 씨였다. 그는 다시 돈을 설득하러 가겠다고 했다.

"나도 친구 만나러 갈 거야."

영은 MJ를 만난다면 몸에 남은 이 으스스한 감각이 사라질 것이라 믿었다.

어느새 해가 저물었다. 두 사람은 컴컴한 주차장을 지나 연구소 안으로 들어갔다. 로비에는 평소와 달리 사람들이 모여 있었다. 그 앞을 그냥 지나친 유 씨와 달리 영은 자리에서 멈춰 섰다.

저 멀리 미조와 다운이 보였다. 영은 미조에게 다가갔다.

"무슨 일이에요?"

"옆 연구실에서 뭐가 발견됐대요."

영은 미조의 말에 호기심을 느꼈다. MJ의 연구팀은 안쪽 복도에 자리해 있어서 아직 소란을 듣지 못한 듯했다.

영은 사람들 사이로 헤집고 들어갔다. 미조가 말한 연구실 앞에는 경비원이 서 있었다. 연구원 한 명이 자기가 본 것을 바삐 설명했다.

"분명 날아다녔어요. 날개는 제 손바닥보다 컸고요."

연구원이 앞뒤로 손을 펄럭였다. 경비원은 손전등을 들고 연구실 구석구석을 돌아다녔다. 하지만 한참을 돌아다녀도 연구원이 말한 날개 달린 생명체는 발견되지 않았다. 경비원은 당혹스러워했다. 미조가 영에게 물었다.

"안 가실 거예요?"

"조금만 더 보고 갈게요."

어차피 따로 할 일이 없었다. 영은 경비원을 도울 요량으로 주위를 구석구석 둘러보았다. 쓰지 않고 옆으로 치워둔 낡은 책상이 시야에 들어왔다. 영은 그 책상 아래에서 움직이는 형체를 유심히 살폈다. 처음에는 인형인 줄 알았는데 아니었다. 그것은 살아 있었다.

영이 연구실 안으로 들어갔다. 경비원의 시선이 따라왔다. 의자를 밀어내자 검은 물체가 형광등 불빛 아래 드러났다. 그것은 날갯죽지를 파르르 떨었다. 주먹만 한 몸에 달린 한 쌍의 비막과 갈고리 모양의 발톱, 박쥐였다.

하지만 박쥐가 어떻게 여기?

연구원이 박쥐를 뒤늦게 발견하곤 비명을 질렀다. 경비원은 무전기를 들고 연구소로 유입된 이 생명체를 어떻게 처리해야 할지 상사에게 자문을 구했다. 상관인 여자는 즉시 폐기해야 한다며 필요한 물품을 가지러 오라고 경비원에게 명령했다. 경비원이 자리를 비우자 바깥에 있던 연구실 사람들이 안으로 몰려들었다.

영은 그들과 함께 죽어가는 박쥐를 보았다. 누구도 선불리 박쥐에게 다가가지 못했다. 광견병 같은 질병을 묻히고 들어왔을 수도 있었으니까. 설령 바이러스가 없다 해도, 그들 중 죽어가는 짐승을 어떻게 들어 올려야 하는지 아는 이는 없었다.

그때 한 남자가 몸을 수그렸다. 오전 회의 때 잠깐 마주친 돈이었다. 그는 맨손으로 박쥐를 들어 올리려고 했다. 영이 깜짝 놀라 그의 손을 막았다.

"저한테 덮을 만한 게 있어요."

영은 주머니를 뒤져 흰 냅킨을 꺼냈다. 언젠가 MJ와 갔던 카페에서 챙긴 것이었다. 냅킨으로 박쥐의 등을 감싸자 박쥐가 날아오를 것처럼 바르작거렸다. 손에 힘을 빼면 다시는 들어 올리지 못할 것 같아, 영은 박쥐의 등을 꾹 쥐었다. 날개는 단단했지만 몸은 살이 여물지 못한 아이처럼 물컹거렸다. 영은 사람들을 피해 쓰레기통 쪽으로 걸었다. 누군가가 그녀를 위해 쓰레기통 뚜껑을 열어주었다. 금세 빠져나올 거란 예상과 달리 박쥐는 컴컴한 통 안으로 깊이 떨어졌다.

돈을 비롯한 다른 사람들은 박쥐가 빠져나오지 못하게 쓰레기통 입구를 무거운 책으로 막았다. 경비원이 다시 온 건 박쥐를 발견한 지 30분이 지나서였다. 비명을 지른 연구원은 이 연구실의 총책임자였다. 돈과 친분이 있는지 둘은 한참 이야기를 나누었다.

"그러니까, 우린 저게 어디서 온 건지도 알 수 없잖아요."

"어떻게 박쥐가 이곳에 들어온 건지는 몰라도 저들이 다시 깨끗이 청소할 겁니다."

돈이 연구원을 달랬다. 경비원이 뒤늦게 사람들을 향

해 사과의 말을 건넸다. 모든 일이 일단락되고 영이 연구실을 빠져나가려 하자 돈이 그녀를 붙잡고 괜찮으냐고 물었다.

"네, 그럼요."

"맨손으로 야생동물을 잡다니 대단했어요."

영은 맨손이 아니었다는 말 대신 애매하게 웃었다. 돈은 복도에 있는 자동판매기에서 코카콜라 한 캔을 뽑아 영에게 건넸다.

"그냥 선의로 드리는 겁니다."

영은 시원한 캔을 손에 쥐었다. 돈은 동료들이 다가오자 영에게 인사를 건네곤 라운지 쪽으로 멀어졌다. 영도 유 씨의 연구실로 향했다. MJ가 퇴근할 때까지 그곳에서 기다릴 예정이었다.

연구원들이 대부분 퇴근한 늦은 시각, 아직 짐을 싸지 않고 남아 있는 건 미조와 다운, 이름을 알 수 없는 한국인 연구원 몇 명 정도였다. 유 씨는 영을 보자마자 백희가 있는 방으로 불렀다.

방문을 닫은 유 씨가 조그맣게 속삭였다.

"이거 받아."

유 씨가 건넨 건 비상시 모든 출입구를 열 수 있는 카드키였다.

“조금 전 쉴라한테 연락이 왔어. 아무래도 백희의 머리를 직접 봐야겠다면서.”

“봐서 뭘 어쩌게? 몸은 금방 찾을 수 있다며.”

“더 정확한 위치를 알아내려면 대면밖엔 방법이 없대.”

영은 투명한 장치 안에 든 백희의 머리를 바라봤다. 수천 년 전 죽은 사람 머리와의 대면이라니. 과한 표현이라고 생각하면서도, 오전에 이탄지에서 있었던 일을 떠올리자 쉴라가 마냥 헛소리를 하는 건 아니란 생각이 들었다.

“그래서 어떡하려고?”

영이 물었다.

“비상 대피로 문을 열면 그 안에 또 다른 문이 두 개 있을 거야. 오른쪽 문에 이걸 끼워놔.”

유 씨가 연구소 근처 자갈밭에서 주워 온 듯한 작은 돌을 건넸다. 돌멩이는 단단하고 차가웠다. 유 씨는 그곳에는 CCTV도 없고, 연구소 사람들도 가끔 드나드는 곳이니 이상하게 보진 않을 거라고 했다. 돈과 이야기가 잘 되지 않았는지 그는 초조하게 메일함을 살폈다.

“촬영팀이 오기 전까지 백희의 몸을 찾아야 해.”

영이 흘끗 본 그의 통화 기록엔 '문정 PD'와 'Don Berrigan'의 이름이 번갈아가며 이어져 있었다. 돈에게는 유 씨가 일방적으로 발신한 기록뿐이었다. 유 씨는 영이 다른 말 하지 못하도록 약속한 금액을 즉시 이체했다.

영은 복도를 가로질렀다. 저녁 무렵의 연구소는 낮과는 사뭇 분위기가 달랐다. 걷는 내내 낯선 시선이 따라붙는 기분이었다.

영은 복도에 아무도 없는 걸 확인한 뒤 카드키로 비상 대피로 문을 열었다. 들은 대로 대피로 문은 총 두 개였다. 영은 유 씨가 알려준 오른쪽 문 사이에 돌멩이를 끼웠다. 그 문은 연구소 뒤편 쓰레기장과 연결돼 있었다.

영은 복도로 돌아가기 위해 몸을 돌렸다. 등 뒤에서 불현듯 문이 열렸다가 닫히는 소리가 났다. 영은 다시 뒤돌았다. 오른쪽 문은 여전히 미세하게 열려 있었다. 영은 왼쪽 문을 주시했다.

혹시 누군가가 조금 전 광경을 본 건 아닐까?

영은 돌아 나가야 할지 말지 고민하다가 왼쪽 문 앞으로 주춤주춤 다가갔다. 문은 저항 없이 열렸다. 비좁은 공간이었다. 불길이나 유독 물질을 피하기 위해 만들어둔 작은 방인 듯했다.

영은 창문 하나 없는 답답한 정사각형 모양의 방을 둘러보았다. 천장엔 용도를 알 수 없는 기계장치와 수도관이 가득했다. 방 반대편엔 또 다른 문이 보였다. 외부로 통하는 곳인지 자물쇠로 잠겨 있었다. 영은 갑작스레 두려움이 일어 들어왔던 문으로 돌아갔다. 그 문이 열리지 않는다면 비좁은 공간에 갇히는 셈이었다.

문고리를 돌리자 어디선가 날갯짓 소리가 났다. 영은 방을 나서기 전 천장을 확인했다. 기계장치 사이로 두 개의 작은 형체가 움직였다. 처음에 영은 그게 쥐라고 생각했다. 하지만 가냘픈 등 뒤에 날개가 달려 있었다.

영은 다급히 방을 빠져나와 복도로 도망쳤다. 환청처럼 남아 있는 날갯짓 소리는 조금 전 보았던 박쥐 사체를 떠올리게 했다. 만약 그 박쥐가 외부에서 들어온 게 아니라 처음부터 이 연구소에서 살았던 것이라면, 그게 죽을 때가 돼서야 사람들 앞에 나타난 거라면……

영은 유 씨의 연구실 앞에 멈춰 섰다. MJ에게서 문자가 왔다.

—아직 연구실이면 만날래요? 힘들면 내일도 괜찮아요.

영은 기다리겠다고 답한 뒤 라운지로 향했다.

그곳에서 MJ를 기다리는 동안 연구소 안 불이 하나둘 꺼졌다. 오래지 않아 유 씨를 비롯한 그의 팀원들이 하나둘 밖으로 나왔다. 유 씨는 영을 보지 못하고 지나쳤다. 그는 다른 생각에 빠져 있었다. 영은 머리를 비우려고 노력했다. 돈을 받고 부탁받은 일을 했다. 이후 일은 신경 쓸 게 아니었다.

때마침 MJ가 곧 나갈 테니 로비에서 만나자고 했다. 영은 등 뒤에서 나는 발소리를 듣고 기쁜 표정으로 돌아섰다.

그곳엔 익숙한 실루엣을 가진 이가 서 있었다. MJ는 분명 아니었다. 그는 백희가 있는 연구실로 들어갔다가 소리 없이 빠져나와, 복도 끝으로 달아났다. 이 시간에 백희가 있는 연구실을 오갈 수 있는 이는 돈과 유 씨, 혹은 누군가가 침입을 허락해준 불청객뿐이었다.

"뭘 보고 있어요?"

깜짝 놀란 영이 다시 뒤돌았다. 등 뒤에 MJ가 서 있었다. 영은 MJ와 함께 연구소를 벗어났다. 깊은 어둠이 그들을 뒤따랐다.

영은 주차장에 갈 때까지, 조금 전 본 장면에서 벗어나지 못했다. 그러나 미조, 다운 부부와 만난 순간 다른 생각을 할 틈이 사라졌다.

"두 분이 친하신지 몰랐네요."

미조가 의외라는 듯 말했다. 유 씨의 레니게이드는 이미 보이지 않았다. MJ는 부부와 안부를 주고받았다. 다운이 사람 좋게 웃었다.

"오늘 괜찮으시면 다 같이 저녁 먹을까요?"

영은 MJ와 둘만의 시간을 보내고 싶었지만, 자신을 챙겨준 그들의 요청을 거절하기 어려웠다. MJ도 그들의 제안이 싫지 않은 눈치였다. 마침 내일은 주말이었다. 다운은 차는 주차장에 두고 가볍게 술을 마시는 건 어떤지 물었다. MJ와 영은 고민하다가 다운의 차에 올라탔다. 검은색 세단은 내부가 넓고 깔끔했다. 영이 차가 좋아 보인다고 칭찬하자 다운이 웃었다.

"이럴 때 몰아보는 거죠."

그들은 MJ를 위해 영어로만 대화를 이어나갔다. 영이 따라가기 버거울 때면 조수석에 탄 미조가 통역을 자청했다. 하지만 공통된 관심사가 많지 않았기에 이야기는 금세 끊겼다. 다운이 어색한 분위기를 녹이려 라디오를 틀었다.

"이게 영어 듣기 실력 올리는 데 도움되더라고요."

그의 너스레에 MJ가 웃었다. 연구소 주변이 외진 탓인지 도로는 한산했다. 다운이 말했다.

"한 달 지내보니까 나쁘지 않더라고요. 여기서 아예 살까? 그런 마음도 든다니까요."

내내 상냥하던 미조는 그 말에는 아무 대꾸도 하지 않았다. 다운은 대학생 때 미국에서 유학했던 이야기를 꺼내며 자신은 아무래도 해외가 체질인 듯하다고, 낯선 곳이 오히려 편하다고 했다. 미조가 그의 말을 불쑥 끊고 영에게 물었다.

"그런데 두 분, 언제부터 친해진 거예요?"

미조는 한국어로 물었다. 영은 침묵했다. MJ와 자기 사이를 떠보려는 듯 들려서가 아니라, 다운과 미조 사이의 불편한 분위기를 감지해서였다. 영은 천천히 영어로 답했다.

"다운 씨가 제 숙소에 MJ와 한번 같이 왔었거든요. 그때 이후로 친해졌어요."

"그건 처음 듣는 이야기네요."

미조가 말했다. 다운이 미조의 손을 잡았다. 다운은 MJ가 속한 팀과 협업 미팅을 했으며, 이 모든 사실을 며칠 전 이미 미조에게 알려주었다고 했다. 미조는 임신한 이후로 건망증이 늘었다며 사과했다.

"요새 제가 그래요. 계속 깜빡깜빡. 그래도 영현 씨는 여기 잘 적응하신 것 같네요. 전 좀 답답하더라고요. 차 없으면 어디 가기도 힘들고."

시내에 들어서자 반짝이는 가게들이 하나둘 늘어났다. 미조는 그런데도 별 감흥이 없어 보였다. 고향을 지겨워하는 감정과는 또 다른, 타지에 대한 경멸이 느껴졌다. 영은 미조가 오늘 특별히 지쳐서가 아니라 남편과의 해묵은 감정을 견디느라 힘겨워서, 그래서 별로 친하지도 않은 사람들 앞에서 당황스러운 모습을 보이는구나 싶었다.

MJ가 영의 팔을 흔들었다. 영은 괜찮다는 의미로 MJ의 손을 한 번 쥐었다가 놓았다. 미조가 배 위로 손을 얹더니 낮게 신음했다. 다운은 미조의 상태를 살피다 결국 속력을 줄여 갓길에 정차했다.

"괜찮아?"

다운이 물었다. 미조는 천천히 고개를 끄덕였다. 그는 미조의 배를 슬며시 쓸었다. 주택가가 시작되는 곳이라 주위는 고요했다. 내비게이션은 목적지가 얼마 남지 않았다며 안내를 계속했다.

MJ가 미조의 어깨를 가만가만 두드렸다. 미조는 그때마다 괜찮아요, 진짜 괜찮아요, 하고 기계적으로 대응했다. 다운이 인근 병원을 검색하자 미조가 한숨을 크게 쉬었다.

"왜 벌써 낳으라고? 아직 출산하려면 멀었어."

미조의 장난스러운 말투 덕에 경직된 분위기가 풀렸다. 다운은 미조의 안전벨트를 풀더니 고개를 돌려 영에게 말했다.

"먼저 내려줄 테니 미조랑 집에 들어가 있을래요? 여기서 조금만 걸어가면 돼요."

다운은 지정된 주차 공간에 차를 댄 뒤 다시 돌아오겠다고 했다. 그의 안색이 좋지만은 않았다. 영은 고개를 끄덕였다. 영과 MJ가 차 밖으로 내렸다. 두 사람은 미조가 차에서 내리는 걸 도왔다. 미조의 팔은 몹시 가느다랬다. 영의 놀란 표정을 읽었는지, 미조가 웃었다.

"입맛이 없어서요."

미조는 힘없이 앞장섰다.

다운과 미조의 숙소는 8평짜리 스튜디오였다. 이미 저녁을 한참 넘긴 시간이라 영은 허기를 느끼지 못했다.

세 사람은 집을 둘러볼 새도 없이 비좁은 식탁에 앉았다. 의자가 부족해 MJ는 등받이가 없는 곳에 앉아야 했다.

미조가 와인 한 병을 가져왔다. 그녀는 다운이 저녁거리를 포장해 오느라 조금 늦어지는 것 같다며, 여자들끼리 와인을 미리 마시자고 권했다.

"친언니가 의산데, 이 정도는 괜찮대요. 배가 더 불러오기 전에 먹어두려고요."

미조는 지쳐 보였다. 영은 식탁 아래로 MJ의 손을 잡았다. 세 사람은 잔을 부딪쳤다. 미조가 술을 한 모금 마시고는 MJ를 향해 웃었다.

"그러고 보니 얼마 전에 기념일이었다면서요. 남자친구랑 얼마나 됐다고 했죠? 7년, 8년?"

영은 MJ를 보았다. MJ가 영의 손을 힘주어 쥐었다.

"이제 9년째예요. 그런데 기념일에 서로 연락도 안 했어요."

MJ의 말에 따르면, 마지막으로 남자친구를 만난 건 재작년 봄이었다. 남자친구는 MJ와 연락하지 않았던 시간도 사귀고 있던 기간으로 셈해 말했고 MJ는 그게 항상 불만이었다. 이제는 사랑이라 부를 만한 것도 차츰 옅어져 몇 개월 전부터 헤어지자는 말이 밥 먹듯 나왔다. 그런데도 남자친구는 지인들 앞에서 그들 관계가 여전히 견고한 것처럼 굴었다.

"이전에 몇 번 헤어졌던 기간을 빼면 그 사람이 말한 기간에서 못해도 2, 3년쯤은 시간이 빌 거예요. 만났던 날만 꼽는다면 3분의 2도 남지 않을 거고요."

사실상 MJ와 그녀의 남자친구는 지지부진한 결말을 단호하게 끊어내지 못했을 뿐, 이미 끝난 관계나 다름없었다. 미조는 괜한 이야기를 꺼냈다며 사과했다. MJ는 보일 듯 말 듯 고개를 저었다.

그 모든 이야기를 잠자코 듣고 있던 영은 MJ에게 잡힌 손을 뺐다. 영은 고민했다. 지금 이 자리에서 일어나 뛰쳐나갈지, 아니면 버티고 앉아 있을지. MJ의 시선이 뺨에 느껴졌다. 창밖의 다세대주택에선 사람들이 커튼도 치지 않고 자유롭게 거실을 돌아다녔다. 영은 소리가 들리지 않는다는 것만으로 그들이 영화 속 배우들처럼 느껴졌다.

영은 MJ를 그들처럼 보려고 노력했다. 남자친구의 존재를 차마 말하지 못한 MJ가 늦은 밤 거실에 앉아 괴로워한다. TV 내용에 집중하지 못한 지 오래다. 이미 끝난 사랑임을 알면서도 어째서 그를 내치지 못하는가? 자신도 이해할 수 없다. MJ는 샤워를 마치고 침대에 눕는다. 미처 말리지 못한 머리 때문에 베갯잇이 젖는다. 그를 완벽히 정리한 순간까지 진실을 숨겨야 한다. 새로운 만남이 허무하게 끝나지 않도록. 모든 것이 끝난 뒤엔 벌인 일을 솔직히 밝히고, 사죄할 수 있을 것이다.

"이제 곧 남편이 올 것 같아요."

미조는 남은 술을 입에 털었다. 그러더니 빈 잔에 술을 다시 따르고는, 은밀한 비밀을 공유하듯 검지를 입술 위에 세웠다. 영이 자리에서 일어났다.

"차라리 펍에 갈까요?"

MJ가 영을 올려다봤다. 영이 MJ의 어깨에 손을 올렸다. MJ는 망설이다가 영의 손을 잡았다. 미조가 엉거주춤 일어섰다.

"좋긴 한데, 남편이 싫어할 것 같아서요."

미조는 자기 배를 가리켰다. 영은 미조의 겉옷을 챙겼다.

"정 그러면 술 대신 음료만 마시면 되죠."

영은 갈팡질팡하는 미조에게 외투를 건넸다. MJ와 아무렇지 않은 척, 이 집에 앉아 있고 싶지 않았다. 그렇다고 해서 9년 동안 온전히 사랑받지 못한 사람을 내버려

두고 혼자 떠날 순 없었다. 영은 당장 MJ와 이야기할 시간이 필요했다.

결국 미조는 영이 건넨 옷을 몸에 걸쳤다. 때마침 집으로 돌아온 다운은 나갈 채비를 하는 세 여자를 보고 멈춰 섰다. 미조는 자기가 이야기하겠다며 영과 MJ를 먼저 집 밖으로 내보냈다.

그들은 문밖에서 부부를 기다렸다. 미조와 다운은 언성을 높인 것도 잠시, 결국 갓 포장한 따뜻한 피자를 식탁 위에 내려두고 집을 나섰다.

펍으로 가는 동안 MJ와 영의 팔꿈치는 자주 부딪혔다.

"미리 말하지 못해서 미안해요."

MJ가 말했다. 죄책감으로 눈이 붉어져 있었다. 다운과 미조 부부는 그들 앞에서 위태위태하게 걸었다.

영은 그들을 보며 깨달았다. 이 세상의 모든 것은 결국 사랑으로 말미암아 불행해지는 것이라고, 하지만 타인의 불온조차 사랑하는 동안엔 어떻게든 앞을 향해 나아가게 된다고.

영은 MJ의 손을 잡았다. 그들은 술집에 도착할 때까지 붙잡은 손을 놓지 않았다.

가능한 세계

주택가에 위치한 펍은 현지인들의 핫 플레이스였다. 영은 북적이는 술집 안을 정신없이 두리번거렸다. 미조는 배를 가리기 위해 펑퍼짐한 겉옷을 걸쳤지만 가드는 그녀가 임산부라는 걸 눈치챈 듯했다. 다운이 가드와 이야기를 나누는 사이, 세 여자는 테이블에 자리를 잡았다. 다운은 가드의 팔에 손을 얹은 채 괜찮다는 제스처를 연신 취했다.

미조는 들뜬 얼굴로 술집 안을 둘러봤다. 이십대 초반으로 보이는 다양한 인종의 사람들이 춤을 추며 서로 술병을 부딪쳤다. 시끄러운 음악 때문에 미조는 영과 MJ 쪽으로 몸을 바짝 숙이고 소리쳤다.

"아일랜드에 온 뒤로 이런 데 처음 와봐요."

미조는 기뻐 보였다. 바에서는 남녀가 뒤섞여 쉴 새 없이 이야기를 주고받았다. MJ는 감자튀김과 스파게티, 맥주 네 병을 시켰다. 술은 환상적이었지만 음식은 형편없었다. 잠시 뒤 자리에 돌아온 다운이 퍽퍽한 스파게티를 먹다 얼굴을 일그러뜨렸다. 영이 다른 음식을 시켜주겠다고 했지만 미조는 다운이 들고 있는 스파게티 그릇을 빼앗아 자기 앞에 두었다.

"제가 먹을게요. 웬일로 배가 고파서요."

미조는 혼자 스파게티를 반 이상 먹어 치웠다. 가게에선 누구나 느낄 수 있을 정도로 불쾌한 땀냄새가 났다. 영은 미조에게 물을 따라주었다. 하지만 미조는 맥주를 원하는 듯했다. 다운이 맥주를 마시는 미조를 향해 뭐라고 말하자, 미조가 그의 어깨를 말없이 끌어안았다. 다운은 입을 다물었다. 미조가 병을 높이 들었다. 네 사람은 병을 부딪쳤다. 맥주를 반쯤 비운 미조가 영에게 물었다.

"그런데 어쩌다 아일랜드까지 오게 됐어요?"

미조는 영에게 다른 목적이 있을 거라고 생각하는 것 같았다. 영은 맥주를 한 모금 마신 뒤 테이블에 내려놨다. 더 이상 지나 이야기나 가정사는 늘어놓고 싶지 않았기에 주위를 돌릴 만한 이야기를 고민해야 했다. 영은 그러던 중, 어린 시절 세차장에서 일했던 때를 우연히 떠올렸다.

"생각해보면 제가 아일랜드에 온 건 그해 일어난 일 때문일지도 몰라요."

영이 아직 댄서를 꿈꾸지 않던 이십대 초반이었다. 세차장에서 일하던 영은, 엄마의 차를 뒤에서 들이받은 한 남자를 우연히 마주쳤다.

엄마는 허리 디스크가 재발한 데다가 차는 폐차되기 직전이었는데, 가해자는 몸도 멀쩡할뿐더러 차 역시 범퍼가 조금 긁힌 게 다였다. 중앙선까지 침범했으니 남자의 과실 비율이 더 높아야 하는 게 맞는 데도, 그와 그의 보험사는 쌍방 과실이라며 법정 다툼까지 불사했다.

영은 셀프 세차장에 차를 세운 남자에게 다가가 굳이 도와주겠다고 나섰다. 그리고 그가 보지 않는 사이 와이퍼에 세제를 가득 부어두었다. 그날 예보에 없던 비가 세차게 내렸다. 남자가 와이퍼를 작동시킨 순간 벌어진 일은 예상하지 않아도 뻔했다. 그는 유리창을 가리는 비와 거품을 닦아내기 위해 더 빠르게 와이퍼를 움직였을 것이다. 그럴수록 시야가 흐려지리란 것도 예상하지 못하고.

며칠 뒤, 영은 세차장 주인으로부터 단골손님이 빗길 교통사고로 죽었단 이야기를 전해 들었다. 그녀는 그 손님이 누구인지 자세히 묻지도 않고 도망치듯 세차장을 그만뒀다. 영은 일도 하지 않고, 친구도 만나지 않은 채 경찰 조사만 기다렸다. 검색창에 미필적 고의에 의한 살인, 초범 감형 같은 단어를 수시로 찾았다. 보다 못한 영의 엄마가 딸을 붙잡고 대체 왜 그러느냐고, 무슨 일이냐고 물었고 결국 영은 자신이 저지른 일을 실토했다.

가만히 이야기를 듣던 엄마는, 그럼 얼마 전에 나한테 합의하자고 빌빌거리던 새끼는 누구냐고 되물었다. 영은 눈물을 뚝 그쳤다. 나중에 전해 듣기로, 가해자는 세차장과 아주 가까운 곳에 살고 있었다. 유명을 달리한 세차장 단골손님은 영이 얼굴도 본 적 없는 제3자였다. 영은 그날 이후 춤에 매달리게 되었다. 그게 영이 범죄자가 아닌 민간인으로서 가장 하고 싶은 일이라는 걸, '감방에 가지 않으면 하고 싶은 일 리스트'를 적은 끝에 알 수 있었다.

"그렇게 댄서를 꿈꾼 것까지는 좋았죠. 그 뒤로 또 일이 잘 안 풀려서 아일랜드로 그냥 도피한 거예요."

영이 아일랜드에서 하고 싶은 게 있다면 도망, 그뿐이

었다.

영의 몇 안 되는 친구들이 그랬듯, 미조와 다운 역시 영이 대학교수인 아버지를 두고 그렇게 사는 것을 이해하지 못했다. 유 씨가 자얼마를 벌든 딱 필요한 정도의 지원만 해왔으며, 그와 자신은 서류상 가족도 아니라는 사실을 영은 끝내 함구했다. 대화 주제는 어느새 어릴 때 했던 온갖 아르바이트로 바뀌어 있었다.

MJ는 샐러드 가게에서 아르바이트했던 시절을, 다운은 패스트푸드점에서 패티를 구웠던 때를, 미조는 화장품 매장에서 일했던 여름방학을 이야기했다. 그들은 세차하고, 샐러드를 만들고, 감자튀김 값을 계산하고, 화장품이 도난당하지 않았나 감시하는 동안 언제나 정도에 어긋나는 사람들을 만났다.

성급한 공감대가 형성되자 분위기는 훨씬 유쾌해졌다. 그들은 서로가 평범한 사람이라는 걸 알아차렸다. 이해와 동정, 너도 그랬냐? 하는 막역한 동질감이 술과 뒤섞였다. 그들은 머리가 좋았든 나빴든, 적당히 노력하기도 하고 포기하기도 하며, 적은 돈을 아끼기 위해 괴로운 학창 시절을 보냈다.

다운이 새로 시킨 맥주를 들이켰다. 그는 아르바이트

를 그만둘 때도 언제나 고역이었다며, 바쁜 사장 대신 새로 일할 직원들을 면접하던 때를 회상했다.

"꼭 거짓말하는 사람들이 있더라고요. 성실하게 일하겠다고 해놓고 힘들게 일 가르쳐놓으면 한 달도 못 돼서 그만두는 거죠."

미조는 이제 술 대신 물을 들이켰지만, 술집 분위기에 누구보다도 취해 있었다. 그녀는 다운의 팔뚝을 쥐고 흔들었다.

"그런 애들은 10년이 지나고, 20년이 지나도 안 사라져. 우리 다음 세대라고 해서 더 나아지진 않을 거야. 오히려 끔찍해질 거라고."

영은 미조의 말에 깃든 비관이 싫었지만 반박할 문장이 떠오르지 않았다. MJ가 미조에게 물었다.

"앞으로 더 나빠질 게 분명하다면, 미조는 왜 아이를 가진 거예요?"

미조는 예상치 못한 질문에 입을 다물었다. 다운은 사랑하다 보니 생긴 것 아니겠느냐고 농담했지만 누구도 그의 말에 웃지 않았다. 잠시간 느꼈던 연대의 끈끈함은 빠르게 흩어졌다. 미조는 물을 한 컵 더 마시면서 중얼거렸다.

“그러게. 내가 왜 임신했을까.”

미조는 추가로 시킨 감자튀김을 덜어 먹었다. 포슬포슬해야 할 감자튀김은 하나같이 눅눅했다. 영은 새로운 맥주병을 땄다. 처음엔 이쪽을 주시하고 있던 가드도 조용히 술과 안주를 축내는 우울한 남녀에게서 시선을 돌렸다. 미조는 요의를 느꼈는지 화장실에 가겠다며 자리에서 일어났다. 다운이 그런 미조를 부축했다.

서늘해진 분위기 속에서 영과 MJ, 두 사람만이 테이블에 남았다. MJ는 조금 피곤해 보였다. 영은 오늘 보았던 박쥐 세 마리를 떠올렸다. 하지만 입이 떨어지지 않았다. MJ가 영에게 물었다.

“그날 와이퍼에 세제를 부은 게 인생에서 저지른 가장 나쁜 일이었어요?”

“아마도요.”

MJ는 하고 싶은 이야기가 있는 듯, 입술을 달싹였다. 하지만 그녀가 입을 떼기 전 미조와 다운이 돌아왔다. 미조는 좋지 않은 안색으로 입을 가리고 서 있었다.

“저희는 이제 그만 집에 가야 할 것 같아요.”

다운이 말했다. 영과 MJ도 자리를 정리했다. 미조는 가게 밖으로 나오자마자 토를 했다. 다운은 당황하며 미조의 등을 두드렸다. 거리를 지나는 이들이 인상을 찡그렸다. MJ는 헛구역질하는 미조를 걱정했다. 병원에 가야 하는 거 아니냐는 말에 미조가 고개를 저었다. 다운은 응급실을 찾아 나섰다. 그는 결국 미조를 데리고 병원으로 향했다. 그사이, 영은 MJ와 함께 바닥의 토사물을 치웠다. 지나가는 사람들은 불편한 눈길로 그들을 보던 것도 잠시, 각자의 목적지를 향해 바삐 움직였다. MJ는 표정 하나 찌푸리지 않고 미조의 토사물을 치웠다. 그들은 술집 주인의 배려로 더러워진 손을 화장실에서 닦을 수 있었다. 영은 지금이 말하기 적절한 때가 아니란 걸 알면서도, 거울에 비친 MJ를 향해 물었다.

"그 사람이랑 헤어질 거예요?"

MJ는 생각에 잠긴 얼굴로 젖은 손을 문질렀다.

"어쩌면요."

그들은 술집을 벗어났다. 택시를 타려고 했지만 잡히지 않았다. MJ는 집까지 그리 멀지 않으니 함께 걸어가자고 했다. 집으로 가는 동안, MJ는 남자친구와 함께 오래전 킬러니 국립공원에 놀러 간 날의 이야기를 해주었다.

당시 그들은 십대 후반으로, 사귄 지 얼마 되지 않은

연인이었다. 연일 내린 비로 불어난 강물은 유속이 눈에 보일 만큼 빠르게 흘러내렸다. 가만히 서 있어도 강줄기에서 튀어 오르는 물방울에 젖을 정도였다. 근처에 있는, '아나의 젖꼭지'라고 불리는 산은 주위를 압도했다. 드라이브를 하며 MJ는 자연 풍광에 시선을 빼앗겼지만 그녀의 남자친구는 별 감흥이 없어 보였다. MJ는 남자친구도 자기와 같은 감정을 느끼길 바랐다.

예정대로라면 공원을 돈 뒤 근처 숙소로 바로 들어가야 했지만, MJ는 연인을 설득해 킬러니를 지나 더 아름다운 비경을 찾아 헤맸다.

"믿어봐. 진짜 좋을 거라니까?"

MJ는 자신의 경험과 느낌을 남자친구와 똑같이 나눌 수 있다고 믿었다. 한 번도 본 적 없는 이구아수폭포에 대해 떠들어대며, 언젠가 고향으로 돌아간다면 그 폭포도 함께 보자고 이야기했다. 그들은 존재할지도 모를 아름다움을 찾아 차를 타고 비포장도로를 헤맸다.

나중에 남자친구에게 듣기로, 당시 그는 스트레스로 인한 통증을 느끼고 있었다. 척추 중앙부터 거미줄처럼 퍼져 나간 고통은 한동안 멈추지 않았다.

그들은 2차로의 비좁은 도로에 들어섰다. MJ는 창밖

풍경을 보느라 여념이 없었다. 남자친구의 두 팔이 조금씩 굳기 시작했다. 하지만 그는 당시 어렸기에 여자친구의 기대에 부응하고 싶었다. 그래서 고통을 참고 계속 운전을 했다.

그때 앞에서 승합차가 마주 오고 있었다. 그 차에 타고 있던 운전자는 열세 시간이 넘게 장시간 운전 중인 여행가였다. 졸음을 참지 못한 여행가는 잠시 눈을 감은 상태였다. 둘 중 하나가 운전대를 살짝 꺾었다면 아무도 다치지 않았을 사고였다. 하지만 그러지 못했다. 한쪽은 잠들고 싶었고, 다른 한쪽은 사랑을 지키고 싶었기에.

두 차는 충돌했다. 기적적으로 MJ는 약간의 타박상만 입고 병원에서 깨어났다. 하지만 그녀의 어린 남자친구는 오른쪽 다리를 절단해야만 했다.

MJ는 생명공학 전공으로 대학교에 간 뒤 석사를 마쳤다. 남자친구와 함께 꿈꿨던 발레의 꿈은 저버렸다. 남자친구는 오랜 시간 재활한 후 사회에 복귀했지만, 그때쯤엔 둘 사이에 좁힐 수 없는 골이 생겨났다. MJ가 그날 킬러니에서 좁히고자 한 거리보다 더 멀어진 무언가가.

"그게 제가 저지른 가장 나쁜 짓이에요."

MJ가 말했다. 그들은 집에 도착한 후 한 침대에 누웠다. 영은 말을 고르고 고른 끝에 만약, 하고 서두를 열었다.

"우리가 이곳을 떠나게 된다면 어디로 가고 싶어요?"

"여기만 아니라면 어디든 좋아요."

영과 MJ는 깊이 잠들었다가 다음 날 늦은 오후에 일어났다. 그들은 허기를 달래기 위해 집에 있는 인스턴트 볶음면을 끓여 나눠 먹었다. 그러는 동안 유 씨에게선 여러 통의 전화가 왔다. 영은 그 전화를 받지 않았다. 영은 MJ에게, 실은 대피로에서 살아 있는 박쥐를 봤다며 어제 겪었던 일을 말해주었다. MJ는 그 이야기를 좋아했다. 남은 박쥐 두 마리를 위해서라도 대피로 문을 열어두겠다고 다짐할 만큼.

*

아일랜드에 전해 내려오는 켈트 신화에 의하면, 여신 다누와 그녀가 이름을 내린 모든 신들은 그 땅의 첫 주인이 아니었다. 그들 이전에 파르홀론의 족속이 있었다. 먼 옛날 아일랜드엔 밋밋한 들판과 세 개의 호수, 아홉 개의 강만이 있었지만 파르홀론이 세를 불리는 동안 들판은 하나에서 네 개로 늘어났다. 호수도 그 수를 불렸다.

그들이 전염병으로 스러진 뒤엔 네메드가 아일랜드에 도착했다. 별 볼 일 없던 섬엔 이제 열두 개의 평원과 네 개의 호수가 생겼다. 하지만 네메드 역시 역병으로 이울자 파르홀론과 네메드가 맞서 싸웠던 공동의 적, 포모르가 남은 네메드의 아이들을 제물로 바치게 했다.

고통을 견디지 못한 네메드는 포모르에게 맞서 싸운 끝에 적들의 요새를 점령했다. 포모르는 그에 분노해 네메드를 살육했다. 한때 아일랜드를 지배했던 네메드의 후손은 모두 죽거나 흩어졌다. 그 뒤 적막해진 아일랜드 땅에 피르 볼그가 당도했다. 그들은 그리스 또는 스페인에서 온 이주민이었다.

피르 볼그는 켈트족이 아일랜드에 당도하기 전까지 드넓은 습지를 지배했으며 훗날 코르카 오이케, 즉 어둠의 백성이라고 불렸다. MJ는 이 신화를 특히 좋아했다.

*

화창한 아침, 영은 MJ의 집에서 눈을 떴다. 먼저 출근한 MJ는 연구소에 도착해 대피로부터 확인했으나, 박쥐를 찾을 수 없었다고 메시지를 보냈다. 영이 답장했다.

—다른 곳에 숨었나 봐요. 그보다 저도 곧 출발하려고요. 조금만 기다려줘요.

영은 MJ가 상사와 면담을 끝내면 함께 쇼핑몰에 들를 예정이었다. 잠도 자지 않고 대화한 주말이 끝날 즈음, MJ가 영국에 있는 남자친구에게 가 여태 하지 못했던 말을 꺼내기로 마음먹었기 때문이다. 영은 MJ가 다른 생각을 하기 전 비행기표부터 끊었다. 그들은 명목상 여행 친구였지만, 여정이 끝난 뒤에는 한층 더 관계가 깊어질 예정이었다.

영은 택시에서 내리자마자 연구소 안으로 들어갔다. 점심시간에 맞춰 온 덕에 MJ가 로비에 나와 있었다. 연구소는 평소보다 어수선했다. 경비원들이 이따금 복도를 뛰어다녔다. 영은 태연한 척 MJ와 라운지로 향했다. MJ는 자세한 상황은 모르지만 한 시간 전부터 연구소 분위기가 이상하다며 걱정을 내비쳤다.

"무슨 일인지 모르겠지만 돈이 바빠 보였어요. 당신 아버지에게 무슨 일이 생긴 건 아니겠죠?

"그보다 면담은 어떻게 됐어요?"

"닷새 정도 영국에 가는 건 무리 없을 것 같아요."

두 사람은 테이블 위에서 손을 맞잡았다. 라운지 밖에선 이제 조금씩 웅성거리는 소리가 들렸다. 영이 자리에서 일어섰다. 주머니에 든 카드키만 돌려주면 유 씨와의 볼일은 끝이었다.

"조금만 기다려줘요."

영은 MJ의 손을 힘겹게 놓았다. 유 씨의 연구실로 향하며 보니, 대피로로 향하는 문이 활짝 열려 있었다. 경비원 여럿이 그 앞에 서서 대화를 주고받았다.

영은 주머니 안 카드키를 움켜쥐었다. 연구실 안쪽에서 집기 떨어지는 소리가 났다. 곧이어 환호성 같기도 하고 비명 같기도 한 음성이 들렸다.

영은 연구실 문을 열고 들어갔다. 사람들이 호를 그리며 서 있었다. 그들은 각자 영어로, 스위스어로, 한국어로 떠들었다. 그들 중 누구도 백희가 있는 방으론 다가가지 않았다. 영은 점차 불길한 기분에 사로잡혔다. 그녀는 카드키를 아무 책상에나 두고 나갈까 고민했다.

하지만 그 전에 사람들이 먼저 영을 알아봤다. 그들은 방을 가리켰다. 저 안으로 어서 들어가라는 듯. 미조도 그들 사이에 서 있었다.

"어서 가요, 영현 씨."

미조가 파리한 안색으로 말했다. 영은 백희가 있는 방으로 향했다. 그곳에 가까워지면 가까워질수록 기이한 울음소리는 점점 커졌다.

방 안엔 다운과 유 씨가 서 있었다. 유 씨는 방 한가운데에 서서 어린아이처럼 엉엉 울고 있었다.

"뭐야?"

유 씨는 대답하지 않았다. 영은 다운에게 자초지종을 물었다. 다운이 말했다.

"백희가 사라졌어요."

영은 백희의 머리가 보관돼 있던 보존 장치를 확인했다. 그곳은 다운의 말처럼 텅 비어 있었다.

"어쩌다가요?"

"자세히는 모르겠어요. CCTV를 확인했는데 아무래도 도난당한 것 같아요."

유 씨는 두 손에 얼굴을 파묻고 울부짖었다. 울음 사이로 고함 같은 중얼거림이 샜다.

그러면 안 됐는데, 그러지 말았어야 했는데! 유 씨의 목소리에선 절망이 가득했다. 잠시 뒤 돈이 도착했다.

그는 방 안으로 급히 들어와 다운에게 어떻게 된 일인지 물었다. 다운이 다시 상황을 설명했다. 유 씨는 그를 차마 볼 수 없다는 듯 상체를 웅크렸다. 돈이 낮은 음성으로 물었다.

"당신들이 머리를 훔쳤습니까?"

유 씨의 울음이 멎었다. 다운은 당혹스러워했다.

"우리는 머리를 훔치지 않았습니다."

돈은 다시 유 씨에게 물었다.

"유 박사, 당신이 머리를 훔쳤습니까?"

유 씨는 머리를 흔들면서 울었다. 영은 뒷걸음질 쳤다. 돈은 유 씨에게 책임과 평가, 막대한 손해를 이야기했다. 유 씨의 모습이 점차 작아졌다. 영은 책상 위로 카드키를 던지곤 연구실을 빠져나와 라운지를 향해 달렸다.

MJ는 걱정이 되었는지 자리에서 일어서 있었다. 영은 MJ의 손을 붙잡았다. 경비원들은 CCTV 기록을 통해 그날 대피로로 향한 사람들이 누구누구였는지 곧 밝혀낼 거라고 공공연히 떠들었다.

유 씨가 벌인 기막힌 일, 샤먼을 불러 백희의 몸을 찾으려다 결국 그 샤먼에게 백희의 머리마저 빼앗긴 일은, 이 연구소에 전설처럼 남을 것이다.

"어서 가요."

"무슨 일인데요?"

"가면서 얘기할게요."

영은 MJ를 데리고 주차장으로 향했다. 짐가방을 차 트렁크에 싣고 그들은 연구소를 떠났다. 현재를 떠나 한 번 더 도약하기 위해.

*

깊은 밤, 젊은 두 여자가 고속도로를 따라 내달린다. 그들 시야에서 도로표지판이 하나둘 사라지고 있다. 차창 틈으로 차가운 바람이 들어와 대시보드 위 꽃다발을 흔든다. 그것은 그들의 탈출과 언젠가 찾아올 정착을 기념하기 위한 꽃이다. 뒤따르던 트럭이 클랙슨을 누른다.

댄서 지망생이 웃음을 터뜨린다. 차가 속력을 높인다. 두 사람에게 불가능은 없다. 그들은 영국에서 볼일을 마친 뒤 빈 잔에 매일같이 술을 붓고, 각각 세기의 발레리나와 댄서가 되어 슬플 정도로 많은 돈을 쥘 것이다……

한때 춤을 포기했던 무용수가 차 속력을 줄이기 전, 댄서 지망생의 얼굴을 잡아당겨 입을 맞춘다. 파우더와 립스틱이 뭉개진다. 이름 모를 강 너머로 환한 시가지가 번뜩인다. 저 멀리 더블린 국제공항이 모습을 드러낸다.

두 사람은 서서히 웃음을 그친다. 국도로 들어선 그들은 공항 근처 게스트하우스에서 묵기로 합의한다. 춤출 곳은 아직 정해지지 않았다.

3부

백희

화목

스며들고 있다.

피부로, 뇌로, 뼛속으로.

쉴라의 말처럼, 이번엔 몸을 만날 수 있을 것 같다.

*

백희白曦.

흰 백, 햇빛 희. 하얀 기쁨이 아니라 흰 햇빛 같은 사람. 이제 막 떠오르는 해 같은 여자. 그러니 너는 태초의 태양처럼 순수하다는 의미라고, 누군가가 내게 속삭였다. 그 여자의 이름은 무엇이었을까?

쉴라가 나를 훔친 건 늦은 저녁이었다. 나는 그녀를 내 피부를 뜯고, 실험하고, 내 영혼마저 투명한 관에 가둔 한 남자의 딸을 통해 처음 만났다.

"난 아무것도 느끼지 못해, 쉴라. 이제 텅 비어버렸어."

나는 낯선 입술로 나와 내 아이들이 겪은 불행을 연이어 전했다. 쉴라는 남자의 딸을 끌어안은 채 내가 분명 아팠을 거라고, 사무쳤을 거라고 울부짖었다.

"아, 불쌍한 사람. 이 불쌍한 것들!"

나에게 두 팔이 남아 있었다면 쉴라의 눈물을 닦아줬을 것이다. 나를 안타까이 여긴 쉴라는 다른 이들이 알아들을 수 없는 고대의 언어로 속삭였다.

"내가 당신을 훔치겠어. 당신이 아이들을 만날 수 있게, 원통한 머리가 원통한 몸을 만나 안식을 취할 수 있도록."

나는 그날 이후 쉴라의 뒤를 항상 쫓아다녔다. 때로는 혼의 형태로, 때로는 꿈결을 침투하며 쉴라가 잠들 때나 밥을 먹을 때, 사랑하는 남자의 몸 위에 머리를 기댈 때도 쉬지 않고 말을 걸었다.

"나를 어서 훔쳐줘. 나를 이곳에서 꺼내줘, 쉴라."

쉴라는 나를 불쌍히 여겼지만 언제나 단호했다.

"우리는 적절한 때를 노려야 해."

나는 쉴라의 말을 이해할 수 없었다. 내겐 언제나 지금만이 존재했다. 나는 쉴라가 연인의 몸 위에서 절정에 이르렀을 때, 그녀의 의식을 붙들었다. 나에게는 당장 내 머리를 훔쳐 늪으로 데려다줄 사람이 필요했다.

"쉴라, 움직여."

울면서 신음을 내뱉은 쉴라는 남자의 정액을 시트에 아무렇게나 닦았다. 그녀가 옷을 꿰입자 남자는 알몸으로 쉴라의 뒤를 쫓았다.

"쉴라, 왜 그래? 무슨 일이야?"

"이만 가봐야겠어."

"왜 그러는 거야? 내가 뭐 잘못했어?"

"미안, 정말 가야 해."

남자의 곁을 떠나고 싶지 않았던 쉴라는 현관에서 잠깐 주저하는 듯했지만 그 무엇으로도 나를 거역할 순 없었다.

"날 데려다줘야 해, 쉴라. 넌 약속했어. 넌 나를 위해 울었어. 내 아이들을 동정했어. 날 훔쳐줘. 너만이 날 도울 수 있어, 쉴라!"

쉴라는 내 울음소리를 들었다. 그녀의 깊은 두 눈에서 눈물이 떨어졌다.

"내일 다시 올게. 빠르면 오늘 밤에라도. 그러니까 기다려줘."

그들은 짧게 포옹했다. 남자는 쉴라의 차가 어둠 속으로 사라진 후에야 창 앞을 떠났다.

우리는 텅 빈 도로를 따라 내달렸다. 남자의 집에서 내 머리가 있는 연구소까지는 멀지 않았다. 쉴라는 연구소의 짙은 어둠을 헤쳤다. 사랑하는 이와 재회하기 위해 그녀는 서둘러 움직였다.

"여기야, 난 이곳에 있어."

쉴라는 내 목소리를 좇았다. 나는 그녀가 돌멩이가 끼워진 문을 밀고, 복도로 들어선 순간 기쁨을 참을 수 없었다. 내 머리가 든 투명한 관을 찾아냈을 때는 비명을 지를 뻔했다. 쉴라는 관의 잠금장치를 해제하고 내 머리를 빼내 얼음팩이 든 가방에 넣었다. 나는 이미 통각을 상실한 상태였지만 쉴라는 내게 미안해했다.

"곧 늪에 도착할 거야. 날 믿어."

믿는다. 그것은 앞으로 일어날 모든 일이 잘될 거라는 마법의 주문이었다.

연구실 밖으로 나왔을 때 누군가(아마도 나와 쉴라를

만나게 해준 그 여자)가 우리를 발견했다. 순간 복도에는 정적이 감돌았다. 쉴라는 내 머리를 들고 서둘러 차로 도망쳤다. 들릴 리 없는 심장박동 소리가 귓가를 메웠다. 쉴라와 나는 차 클랙슨을 울리며 탈출의 기쁨을 만끽했다.

우리는 구불구불한 도로를 따라 달렸다. 길이 이어질수록 점점 인가와 빛이 드물었다. 시간이 지날수록 쉴라의 얼굴에서 웃음기가 사라졌다. 이번에는 내가 쉴라를 달랠 차례였다.

"조금만 더 가면 내 몸이 묻힌 곳이 나와. 나를 의심하지 마. 나는 너를 해치지 않아."

하지만 쉴라가 걱정하는 건 그런 게 아니었다.

"여기가 정말 당신이 찾던 곳이 맞을까? 만약 아니라면? 그러면 당신은 또 나를 찾겠지. 하지만 더는 당신한테 조종당하고 싶지 않아."

나는 진심으로 쉴라를 안아주고 싶었다.

"긴 세월 동안 많은 게 달라졌지만 내 몸이 있는 장소만은 뚜렷이 알고 있어. 그건 기억이 아니라 존재의 문제야."

나는 아이들을 달랠 때 부르던 자장가를 쉴라에게도

들려주었다. 쉴라의 굳어 있던 표정이 조금씩 부드러워졌다. 차가 경로를 바꿀 때마다 녹은 얼음이 내 입술을 두드렸다. 얼음은 어둠 속에서도 투명하게 빛났다. 나는 얼음과 쉴라의 숨소리에 의지했다.

몸이 가까워진다. 가까워지고 있다.

목적지에 도착하자 쉴라가 차에서 내렸다. 그녀는 덤불을 헤치며 걸었다. 가방에선 물이 뚝뚝 떨어졌다. 내 몸이 묻힌 곳은 한때 번영했지만 이젠 사람들에게 잊히고 만 숲이다. 시간이 이곳을 망가뜨렸다. 능선을 따라 이어졌던 두 개의 늪은 이제 나와 아이들의 거리만큼이나 멀어졌다.

쉴라는 이탄지 앞에 섰다. 축축한 땅에선 늪의 퀴퀴한 냄새가 났다.

"이곳에 날 버려, 쉴라. 이 아래 내 몸이 있어."

쉴라는 망설였다. 그녀는 뒤늦게 자신이 저지른 일을 후회하는 듯했다.

"집으로 돌아가면 경찰이 기다리고 있을지도 몰라."

쉴라가 두려움에 사로잡힌 순간에도 땅속에 묻힌 몸

은 나를 애타게 찾고 있었다. 나는 쉴라를 설득해야만 했다.

"만약 연구실로 다시 돌아간다면 넌 내 목소리를 평생 듣게 될 거야. 하지만 난 너에 대해 잘 알아. 넌 나를 도울 거야. 난 널 믿고 있어, 쉴라."

믿음. 결국 쉴라는 그 단어에 부추겨져 나를 검은 늪에 던졌다. 내 머리는 습지 위 그 어떤 생명체보다 빠르게 침잠했다. 쉴라는 제자리에 주저앉았다.

"정말 이곳이구나. 여기에 네 몸이 있었어."

나는 쉴라의 말에 대답할 수 없었다. 내가 태어났던 오래된 가옥의 따스하고 눅눅한 기운이 주위를 감쌌다. 쉴라는 내가 몸을 꼭 되찾을 거라고 축복해준 뒤, 자동차가 있는 곳으로 돌아갔다. 차는 서서히 멀어졌다. 늪엔 이제 나 혼자다.

계속 가라앉고 있다.

딸들의 이름은 이미 정했다.

돈과 미조 그리고 다운. 내게 언제나 다정했던 이들의 이름을 내 아이들에게 물려줄 것이다.

반드시 몸을 찾아야 한다.

*

나는 오래전 작은 움집에서 한 남자와 함께 살았다. 물론 처음부터 그곳에 살았던 건 아니었다. 내게도 나고 자란 고향이 있었다. 야트막한 구릉 위 작은 가옥, 그곳에서 나는 태어났다.

비좁은 산도를 빠져나와 폐로 호흡하던 순간이 지금도 뚜렷하다. 샅에서 나를 받아낸 산파는 내 얼굴에 묻은 오물을 닦아내다 말고 소스라치며 물러섰다.

"손가락이 여섯 개다!"

출산을 돕던 여자들이 깜짝 놀라 멈춰 섰다. 산파가 피 묻은 손을 옷에 정신없이 문질렀다. 모여 있던 이들이 도망치듯 가옥을 벗어났다. 아비는 짚단 위를 무릎으로 걸어왔다. 그는 나의 피 묻은 뺨을 어루만졌다. 그 손은 다시 내 어깨로, 팔뚝 위 손가락으로 내려왔다. 산파의 말처럼 내 손가락은 여섯 개였다. 발가락도 다른 사람들보다 하나가 더 많았다.

공포에 질린 어미가 물었다.

"정말이야? 손가락이……"

아비는 대답하지 않았다. 발가락은 신발로 감춘다지만, 손가락은 어쩌지? 바늘로 옷을 깁고, 잣을 까야 할 저 손을 어쩌면 좋을까?

"잠시 다녀올게."

아비는 결론을 내렸다.

"어디를?"

"강가에. 문제를 해결해야지."

어미는 열린 골반 때문에 일어설 수 없었다. 그녀는 바닥을 기며 남편을 뒤쫓았다. 아비가 칼을 함께 챙겨 나갔기에, 내가 죽어서 돌아오리라고 생각한 것이다.

"죽이지 마. 제발 죽이지 마."

하지만 아비는 나를 죽일 생각 따윈 하지 않았다. 눈이 마주친 순간 나를 자기 목숨보다 사랑하게 되었기에.

아비와 내가 강가에 도착했을 때, 강물은 전날 내린 비로 불어 있었다. 그는 아직 머리도 누이지 못하는 내 이마에 입을 맞추곤 나를 강둑의 판판한 돌 위에 내려두었다. 내 몸은 몹시 작아 그곳에 두어도 한 뼘이나 자리가 남았다.

아비가 사냥에 쓰기 위해 갈아둔 칼을 꺼냈다. 그는 내 오른손을 폈다. 그러곤 한참 뒤, 가장 끝에 달린 손가락, 아직 제대로 구부려보지도 못한 '그것'을 잘라냈다.

나는 자지러졌다. 고통이 나를 감쌌다. 아비는 구슬땀을 흘렸다. 그는 울음을 참으며 내 왼손의 '그것'을 마저 잘라냈다.

강에서 풍기는 물비린내가 코밑까지 철썩였다. 나는 목이 찢어지라 울었다. 아비는 내게서 잘라낸 손가락들을 모아 강물에 던졌다. 그는 내 손의 피가 멎을 때까지 기다린 뒤 집으로 향했다. 가옥 안은 어둠으로 가득했다.

"돌아왔어."

"아이는?"

그는 어미에게 나를 건넸다. 가녀린 몸이 나를 감쌌다. 피가 나고 있을지언정 손가락은 다섯 개였다. 어미는 내 상처를 깨끗한 천으로 둘렀다.

소란을 듣고 몰려온 사람들이 앞다퉈 나를 구경했다. 그들은 천에 감싸인 내 손을 하나하나 꼽아보았다. 마을 사람 중 하나가 내 발을 보려고 하자 아비가 그의 앞을 막아섰다.

"확인했으면 나가봐."

내 아비는 마을에서 가장 힘이 센 남자였다. 사람들은 찜찜한 얼굴을 하면서도 어쩔 수 없이 가옥을 벗어나야 했다. 어미는 그들이 나간 뒤 숨죽여 울었다. 아비가 그녀의 어깨를 안았다. 그의 커다란 손날 위로 마치 불에 덴 것 같은 오래된 상처가 비쳤다.

한 번도 이야기한 적 없지만 그 역시 여섯번째 손가락을 가져보았던 것이라고 지금의 나는 믿는다.

그날 이후 두 사람은 나의 어미와 아비가 아니라 어머니와 아버지, 진정한 부모가 되었다. 한순간 무너졌던 우리는 서로를 끌어안으며 가족이라는 이름으로 단단히 묶였다. 나는 그 순간을 세세히 기억한다. 기억하는 것은 언제나 나의 일이다.

훗날을 위해 저장해둔다는 점에서 기억은 씨앗과 닮았다.

*

"네가 손가락을 하나 더 갖게 된 이유를 알겠어."

사냥 나간 아버지를 기다리던 늦은 저녁, 어머니가 말

했다. 내가 여덟 살이 되던 해였다. 그때쯤 나는 가사뿐 아니라 바깥일도 도울 수 있게 되었지만, 두 사람은 내 신발이 벗겨질까 노심초사하느라 하나뿐인 딸의 외출을 탐탁지 않게 생각했다. 머리를 가누고 걸음마를 떼는 동안에도 바깥 구경을 하지 못했던 나는 그날도 집에 남아야만 했다. 그리고 어머니는 나와 함께하는 시간이 길어질 때면 으레 그러듯, 내 비상한 기억력을 칭찬하기로 한 것이다.

"나는 어제 일어난 일도 잊어버리는데, 넌 내일을 보잖니. 그 흔적은 네가 남들과 다르단 증거야."

그녀의 말처럼 나는 그 누구보다 빨리 계절의 변화를 눈치챘고, 다른 마을에서 약탈하러 올 기미가 보이면 소리쳐 경고했다.

평소와 달라지는 지점, 온도와 습기, 바람의 방향을 읽을 줄 알았다. 그런 존재는 마을에서 특별했다. 정신을 차렸을 땐 내가 마을에 꼭 필요한 존재가 되었을 정도로.

나는 완성된 실타래를 한구석에 내려두었다. 삼나무를 두들겨 만든 섬유를 가락바퀴에 연결하자 막대가 돌아가며 두툼한 실타래가 만들어졌다. 어머니는 누가 볼세라 내게 새 신을 건넸다.

"해 지기 전에 갈아 신어."

"아버지가 없는데 괜찮을까요?"

"어서 신으래두."

재촉하기 무섭게 마을 여자 몇이 소일거리를 가지고 우리 집에 찾아왔다. 어머니가 나를 일으켜 세웠다.

"집에 있을 시간에 나무라도 몇 개 더 구해 와."

나는 집을 벗어났다. 마을 여자들은 집 안에서도 신을 벗지 못하는 나를 오래도록 응시했다.

마을에 외지인이 나타난다는 소문이 돈 건 그즈음이었다. 그들은 주로 인근의 버려진 암산에서 발견됐다. 마을 사람들은 쓸모없는 땅을 정복하려 드는 멍청한 침입자를 구태여 경계하지 않았다.

나는 낯선 이들에 관한 이야기를 들었을 때부터 자주 긴장했는데, 두려움 때문은 아니었다. 오히려 외지인을 우연히 마주치는 날을 상상하곤 했다. 평소보다 더 겁이 없어진 나는 그들에게 말을 건다. 그들 중 나와 친구가 될 수 있는 이도 있다. 우리는 같이 태양이 열기를 주룩주룩 흘려보내는 대지에 서서 함께 먹을 것을 찾고 잡기놀이를 할 수도 있다.

안타깝게도 내가 사는 마을엔 내 또래보다 나이 든 이가 많았다. 멀리서만 봐도 우글거리는 힘과 젊음이 느껴지는 외지인과 달리 마을 사람들 사이엔 규칙과 정적만이 가득했다. 언젠가 강기슭 근처에서 터를 닦는 외지인 몇몇을 보았는데, 그들은 암산 따위엔 관심도 없어 보였다. 그저 물을 길어 올 수 있는 강과 고른 땅만을 필요로 했다. 그들 중 가장 눈에 띈 건 내 또래로 보이는 소년이었다. 그는 어른들의 주위를 돌며 자질구레한 심부름을 처리하기 바빴다.

"안녕."

나는 먼 곳에서 소년을 향해 입을 벙긋거렸다. 소년은 내 부름을 듣지 못한 채 이 돌을 저기로, 저 돌을 여기로 날랐다. 소년이 손부채질을 할 때면 그의 웃음이 아득히 퍼졌다. 나는 땀이 난 이마를 닦았다. 아무래도 바람이 저들의 더위를 내가 선 이 좁은 땅으로 떠미는 듯했다.

바람은 불어올 뿐 돌아 나가지 않는다.

나는 손을 들어 버석한 입가를 매만졌다. 이대로 혀가 녹을까 두려웠다. 계속 더운 곳에 있다 보면 내 목소리까지 녹아버릴지도 몰랐다. 시선이 느껴져 고개를 드니, 저 멀리서 소년이 나를 보고 있었다. 그는 나와 시선이 마주치자 고개를 돌렸다. 나도 그를 등졌다. 소년이 나를 따라오는 것도 아닌데, 나는 그곳에서 도망쳤다.

*

나는 그날 밤 새 신을 달빛에 비춰 보았다. 이 신을 신지 않고 친구를 만나도 되느냐고 묻자, 어머니는 내 발가락이 보이지 않게 다시 신을 신겨주었다.

"예전에 아랫마을에 외눈박이가 태어난 적이 있었어. 그 애는 태어나자마자 마을 사람들에게 맞아 죽었지."

어머니는 내가 그나마 운이 좋은 경우라고 했다. 내가 나와 닮은 사람들이 사는 곳을 찾게 된다면 그땐 마음껏 맨발로 뛰어다녀도 되지만, 지금은 아니었다. 그녀는 내 가슴을 다독이며 잠들었다. 나는 캄캄한 천장을 보며 나와 닮은 이들의 안식처가 아닌, 내가 맞아 죽지 않는 곳을 꿈꾸었다. 그곳에선 나와 외눈박이 모두 행복하게 웃었다.

*

무더운 나날이 지나고 차가운 바람이 불어올 때쯤, 마

을 사람들은 새로 정착한 이들을 더는 외지인이라고 부르지 않게 되었다. 어디에서 왔는지도 모를 낯선 방문객은 우리와 함께 강을 공유하는 이 땅의 또 다른 자손이 됐다. 그사이 나는 가슴이 부풀고, 몸이 점차 자라났다. 지나가는 이들이 내 몸을 바라볼 때면 시선을 피해 으슥한 숲길로 향하곤 했다. 그것만이 원하지 않는 결혼을 피할 수 있는 길이었다.

숲은 곧 내 피난처가 되었다. 그곳에서 오래전 강가에서 보았던 소년을 이따금 마주쳤다. 가까이에서 본 소년의 눈은 까맸다. 소년도 나를 알아본 듯했지만 먼저 말을 걸어오지 않았다. 점차 시간이 흐른 뒤엔 나도 소년도, 서로에게 크게 관심을 두지 않았다. 그래도 몹시 고요한 오후나 기척 하나 없는 강가를 볼 때면 나는 소년을 생각했다.

한번은 그가 숲 근처에서 열매를 채취하다가 어린아이 신발을 떨어뜨린 적이 있었다. 신발은 내 팔뚝 반도 오지 않을 만큼 작았다. 다급히 좇아 신발을 건네주자 어차피 죽은 아이의 것이라 버려도 상관없다고 했다.

“누구 애인데?”

“나 맡아 키워주는 여자 아들.”

소년의 말에 따르면 그를 부모 대신 키워주는 여자의 아들이 얼마 전 강가에 빠져 죽었다고 했다.

"어차피 버릴 거였으니까 가져."

소년은 다시 앞을 향해 걸었다. 나는 소년을 붙잡았다.

"혹시 네 마을에 가봐도 돼?"

충동적인 제안이었다. 가슴이 큰 소리를 내며 뛰었다. 소년은 망설였다. 나는 말없이 돌아서는 그를 계속 뒤쫓았다. 시작은 호기심이었지만 뒤따를수록 그가 사는 마을이 궁금해졌다. 내가 돌아갈 기미가 보이지 않자 그는 나를 자기 마을 근처까지 데려가 나무 사이에 숨겨 두었다.

"거기 조용히 있어. 금방 나올 테니까."

그는 조그만 가옥으로 들어갔다. 한참 동안 고요하던 집 안이 떠들썩해졌다. 누군가가 비명을 질렀다. 소년이 집에서 나왔다. 그는 어쩔 수 없다는 듯 내게서 아이 신발을 다시 받아 갔다.

"어디 있느냐고 찾아서."

그는 가옥 안으로 다시 들어갔다. 나는 숲에서 나오지 않는 소년을 기다렸다. 소년의 집은 튼튼했지만, 정다워 보이지는 않았다. 나는 손에 감기는 풀들을 끊어냈다.

해가 점차 저물 때쯤, 어디선가 울음소리가 들렸다. 잠시 끊긴 듯했던 울음은 숨죽인 신음으로 바뀌었다.

아이를 강에서 영영 잃어버리고 만, 그 불쌍한 여자가 울고 있었다. 그녀의 울음은 그들의 집을 넘어 마을 전체로 퍼져 나갔다.

집에 그 소리가 배는 건 아닐까 걱정이 들었다. 나는 고개를 내밀고 소년이 있을 집 안을 훔쳐보았다. 물고기의 검은 입처럼 반쯤 벌어진 문 안은 어둡고 습했다. 가옥 옆엔 땅을 파서 대충 만들어둔 토굴이 있었다. 잘못 본 게 아니라면 그곳에서 어린아이의 발을 본 듯했다.

나는 망설이다 집 쪽으로 다가갔다. 기다란 풀이 발목을 간질였다. 다행히 해가 질 시간이라 마을 사람들은 모두 귀가한 것 같았다. 나는 살금살금 걸어가 토굴 앞에 섰다. 누군가가 가옥 밖으로 걸어 나왔다. 나는 토굴 반대편으로 서둘러 몸을 숨겼다.

고개를 내미니 소년과 한 여자가 마주 보고 있었다. 여자가 소년을 향해 속삭였다.

"이제 그만 끝내다오."

여자가 무릎을 꿇더니 소년의 손을 잡고 자기 목을 조르게 했다. 자꾸 힘이 빠지는지, 여자가 소년의 손을 꼭 붙잡았다. 나는 토굴에 바짝 붙어 섰다. 소년이 몸을 벌떡 일으켰다. 그가 여자의 목을 두 손으로 감쌌다. 여자의 얼굴은 붉어지다 못해 푸르게 질렸다. 소년은 여자가 발버둥을 멈추자 다급히 손을 놓았다. 여자가 거친 숨을 내뿜었다. 소년은 우는 소리를 참기 위해 몸을 들썩였다.

여자는 그대로 의식을 잃었다. 소년은 여자를 부축해 집 안으로 들어갔다. 나는 그들이 사라진 사이 토굴 안을 살폈다.

냄새가 나지 않게 하기 위해 잔뜩 쌓아둔 짚 아래로, 어린아이의 시체가 놓여 있었다. 나는 그런 것을 태어나서 처음 봤다. 깜짝 놀란 나머지 비명이 나왔다.

소년에게 잡힐까 봐 서둘러 숲 쪽으로 달렸다. 한참을 달린 후에야 겨우 뒤를 볼 수 있었다. 강변 숲길을 오랫동안 피해 다니다가 다시 그곳에 간 건, 그로부터 몇 년이 지난 뒤였다.

*

콧등을 비비자 볕에 탄 피부 껍질이 떨어졌다. 나는 실을 뽑는 데 쓰는 막대를 다듬기 위해 강가에 앉아 뾰족한 돌을 골랐다. 강물은 여느 때처럼 시원했다.

그해 막 열네 살이 된 나는 벌써 키가 어머니만큼이나 자라 무릎이 자주 아팠다. 밤이면 다리에서 느껴지는 통증 때문에 잠이 들지 못할 정도였다. 차가운 강물만이 내 아픔을 위로했다. 소년과의 기억들이 때때로 떠올랐으나 그 역시 강물과 함께 흘려보냈다.

발가락 여섯 개가 작은 물고기처럼 움직였다. 붉었던 하늘이 점차 어두워지자 나는 자리에서 일어나 돌아갈 채비를 했다.

태양이 사라진 강물은 꼭 밤하늘 같았다. 나는 강가에 서서 젖은 발이 마르길 기다렸다. 아버지가 보았다면 무슨 짓이냐고 화를 냈겠지만, 어머니가 만들어준 새 신을 망가뜨리고 싶지 않았다.

그때 등 뒤로 횃불을 든 누군가가 걸어왔다.

"여기서 뭘 하는 거야?"

나는 깜짝 놀라 주저앉았다. 뒤를 돌아보자 익숙한 소년이 서 있었다. 키는 이전보다 컸고 목소리가 굵었다. 소년이라 부르기 어려울 정도로 얼굴에선 자란 티가 났다.

"혹시 발을 다친 거야?"

"그런 거 아냐. 가까이 오지 마."

나는 발을 감추기 위해 몸을 웅크렸다. 하지만 소년은 내게 계속 다가왔다. 저 멀리서 아빠의 목소리가 들렸다. 나는 소년이 들고 있던 횃불을 낚아챘다. 불꽃이 바닥으로 떨어졌다. 소년의 시선이 아래로 향했다. 그가 놀란 목소리로 속삭였다.

"너 발가락이 여섯 개구나."

소년이 말했다.

나는 횃불을 강물에 던졌다. 어둠이 우리를 감쌌다.

"어서 도망쳐."

나는 그를 숲 쪽으로 떠밀었다. 소년은 어둠 속으로 달아났다. 아빠가 왔을 때, 나는 혼자 강가에서 놀다 해가 지고 말았다며 거짓말했다. 그는 누군가와 이야기하지 않았느냐고 물었지만 나는 그림자였을 것이라고 얼버무렸다. 소년이 내 발가락을 보았기 때문에 나는 끝까지 그와 만났다는 사실을 숨겨야 했다. 아버지가 진실을 알게 되면 소년의 안위를 장담할 수 없었다.

며칠 안으로 소문이 퍼질 거란 예상과 달리, 마을은 연일 조용했다. 나는 강가를 매일 헤매던 끝에 홀로 물을 긷던 소년을 다시 만났다.

"안녕."

소년이 말했다. 그는 처음 만났던 때처럼 혼자였다.

나는 소년에게서 돌아섰다. 그에게 비밀을 계속 지켜달라고 부탁하려 했지만 입이 떨어지질 않았다. 그가 내 신발을 빼앗고, 치부를 드러낼 것만 같았다. 소년이 내 뒤를 조용히 쫓았다.

"한동안 이 강에 매일 왔었어."

"왜?"

"널 보고 싶었으니까."

머릿속의 무언가가 속삭였다. 너는 이 순간을 오래도록 잊지 못할 거야. 자꾸 떠올릴 거야.

나는 그에게 물었다.

"왜 내 비밀을 말하지 않았어?"

"너도 나에 대해 말하지 않았잖아. 그날 토굴에서 볼 것 역시."

사실 나는 아이의 시체나, 자기를 죽여달라고 부탁했던 여자보다 울음을 참던 소년의 모습을 선명히 기억했다. 소년의 눈은 지금이나 그때나 밤하늘처럼 까맸다. 그는 떠나기 전 주머니에서 흰 조약돌을 꺼내 내게 건넸다. 돌은 그의 눈동자처럼 고요히 빛났다.

"다음에 만날 때 이걸 돌려줘. 함께 살고 싶다는 증표야."

그는 자기를 돌봐주던 여자가 세 달 전 아이를 따라 죽었다고 했다. 최근 몇 년은 그에게 있어 큰 변화의 시기였다. 그는 숲 쪽으로 멀어졌다. 다시 만날 수 없을 것처럼, 뒤돌아보지 않고.

나는 쫓기듯 집으로 돌아가 부모님께 그와 처음 만났던 때부터 내 비밀을 들켰던 순간까지 전부 털어놨다. 손 안의 조약돌은 체온에 닿아 따뜻했다. 당장 밖으로 나가려는 아버지를 어머니가 말렸다. 어머니는 내게 그와 살고 싶으냐고 물었다. 나는 그렇다고 했다.

"그 남자가 널 해칠 수도 있어."

"아니, 그가 날 위험으로부터 지켜줄 거야."

믿음, 그것이 처음으로 나를 지탱해 준 순간이었다.

다음 날 아침, 아버지는 미리 만들어둔 신발을 짐에 넣어주었다. 부모님은 새벽 내내 대화한 끝에 나를 소년에게 보내기로 결정했다. 계속 자신의 비호 아래 두기엔, 그들 역시 나이 들어가고 있었기 때문이었다.

나는 숲을 통해 그가 사는 마을로 갔다. 나뭇가지들이

머리 위에 흐드러졌다.

소년은 언제부터 기다린 건지 마을 어귀에 서 있었다. 나는 그에게 조약돌을 건넸다. 그는 내가 건넨 돌을 매만졌다.

그곳에서 우리는 마침내 맺어졌다.

광활한 땅

두 번의 무더운 여름을 지나 유달리 추운 겨울이 왔다. 나는 새로운 거처에서 그와 살게 된 이후 한 번도 집에서 신발을 신지 않았다. 발치에선 조금 전 먹은 생선 가시가 굴러다녔다. 나도 그도 주위를 치울 생각 따윈 하지 않았다. 그는 내킬 때마다 어린 시절 이야기를 해주었는데, 나는 그중 그의 늑대 친구 이야기를 가장 좋아했다.

"너도 알다시피 그 애를 처음 본 건 동토에서였어."

그가 태어난 곳은 혹한의 겨울이 이어지는 얼어붙은 땅이었다. 신에게 버림받은 곳이라 불릴 만큼 척박한 지역이라 농사를 짓는 것조차 불가능했다. 그의 부족은 더 좋은 땅을 찾아 아래로, 아래로 움직여야만 작은 희망이라도 찾을 수 있었다.

무료한 행군 중인 그를 기쁘게 해준 건 짐승뿐이었으나, 사람들은 짐승의 배를 가르면 피어오르는 따뜻한 훈기를 더 좋아했다. 잠이 든 순간을 제외하고는 너무도 지루했다. 걷고 죽이는 것 말고는 아무것도 할 일이 없었다. 어떤 이는 짐승이 뿜는 마지막 숨결을 장난삼아 들이마셨다. 부족민 중 그만이 누군가가 죽거나 누군가를 죽인 날, 죽은 자의 미래와 살아남은 자의 현재를 위해 기도했다.

하루하루가 눈보라와의 싸움이었다. 그의 부족은 자주 나무 밑에서 자야만 했다. 버려진 동굴을 찾기란 쉽지 않았다. 사람들은 그저 얼지 않은 땅이 나오기만을 기다렸다. 아래로 내려간다 한들 보장된 것은 아무것도 없었음에도 계속 걷고, 다시 걸었다.

"그렇게 아무런 희망도 없이 지내던 어느 날, 우리는 동굴 하나를 발견했어. 부족 모두가 들어갈 만큼 크고 따스한 폐허를."

그날은 유독 눈이 많이 내리는 날이었다. 이동할 때마다 새로운 포식자와 맞닥뜨렸는데, 그것은 인간일 때도 인간이 아닐 때도 있었다.

모두가 지쳐 있던 시기였다. 함께 이동하던 사람들이 점점 죽거나 아파, 80명이었던 인원은 어느새 50명으로 줄었다.

원래 살던 정착지를 떠난 지 수백 일이 되었지만 주위 풍광은 크게 달라지지 않았다. 이대로 모두 얼어 죽는다고 해도 수긍할 수 있을 것 같았다. 사람들은 어쩌면 이게 우리의 마지막인 것 같다고, 여기서 더 움직이는 건 멍청한 짓이라고 생각하는 듯했다.

그때 한 여자가 저기 동굴이 보인다고 소리쳤다. 사람들의 시선이 여자가 가리킨 산등성이로 꽂혔다. 그녀의 말처럼 능선 주위로 커다란 동굴 입구가 보였다. 사람들은 지친 몸을 녹일 생각에 들떠 소리를 질렀다. 어른이고 아이고 할 것 없이 앞다퉈 동굴로 향했다. 어딘가에 있을지도 모를 포식자를 걱정했지만 위험한 기척은 없었다.

내부에 먼저 들어간 사람들은 동굴의 크기와 깊이에 놀랐다. 행렬 앞쪽에서 감탄이 터지자 뒤따르던 사람들의 마음이 조급해졌다. 더 좋은 자리를 차지하려면 서둘러야 했다.

대열이 점차 뒤엉켰다. 어린 그는 부모님과 떨어져 행

렬 뒤쪽으로 처졌다. 잃어버린 부모를 찾아 고개를 이리 저리 돌리던 그때, 낯선 형체가 시야에 들어왔다.

그것은 낙오한 늑대였다. 처음엔 금색의 두 눈이, 그다음엔 털 달린 네발이 눈에 띄었다. 늑대는 멀리서 보기에도 비쩍 말라 있었다. 옆구리엔 앙상한 갈비뼈가 드러났다. 오랫동안 굶주리다 사람 냄새를 맡고 산속에서 내려온 모양이었다.

짐승과 절대 눈을 마주쳐선 안 돼. 아버지는 언제나 경고했지만, 그는 늑대의 눈을 빤히 바라보고 말았다. 먼저 고개를 돌린 건 늑대였다. 그것은 순종하듯 제자리에 주저앉았다. 그는 긴장한 몸을 늘어뜨렸다. 늑대는 마치 손길을 기다리듯 같은 자리에 머물렀다. 그는 늑대를 더 가까이서 보고 싶었다. 뒤쪽에서 불현듯 돌이 날아들었다.

"감히 누굴 잡아먹으려고."

깜짝 놀란 늑대는 다른 곳으로 달아났다. 그는 다른 어른들의 손에 붙들려 동굴로 향했다. 늑대는 먼 설원에서 그를 끝까지 바라보았다.

앞선 사람들의 탄성이 무색하지 않을 만큼, 동굴 안은 몹시 크고 깊었다. 아이들이 한데 모여 와, 하고 소리치자 그 소리가 저 먼 벽에 닿았다가 되돌아왔다. 그만이 조금 전의 늑대를 생각하느라 새로운 거처를 즐기지 못했다.

주위는 왁자지껄한 소음으로 가득했다. 어른들은 각자 역할을 찾아 분주히 움직였다. 배가 고픈 이들은 불쏘시개를 찾아 불을 피우고, 먹을 것을 조리했다. 누군가가 눈을 퍼 오면 다른 이가 그 눈을 녹여 물로 만든 뒤 얼마 안 되는 말린 고사리와 멧돼지 고기를 넣어 저녁을 만들었다.

사방에서 구수한 냄새가 났다. 그는 침샘이 아려 턱을 문질렀다. 몇몇이 바깥에서 늑대를 보았다며, 그 늑대가 죽는다면 며칠을 더 버틸 수 있을 거라고 중얼거렸다.

목덜미가 선뜩해진 그는 뒤늦게 부모를 찾아 허겁지겁 뛰어갔다. 두 사람은 되돌아온 자식을 크게 신경 쓰지 않았다. 부족민 중 아이를 애지중지하는 이는 아무도 없었다. 모두가 똑같이 배고프고 힘든 마당에, 자기 자식만 챙기는 것은 수치스러운 일이었다.

그의 어머니는 티가 나지 않게 아들을 자기 곁으로 끌어당기곤, 고기가 든 접시를 넘겼다. 그는 식사하는 척 그릇에 고개를 박았다. 그러곤 늑대에게 줄 고기 몇 점을 옷자락 아래에 숨겼다.

한 시간도 되지 않아 불을 지키는 사람을 제외하고는, 모두가 노곤한 얼굴로 잠이 들었다. 동굴 안도 춥기는 마찬가지였지만 매일같이 눈보라 치는 바깥과 비교하자면 무척 따스했다.

그는 어른들의 시선을 피해 평평한 바위가 있는 곳까지 몰래 내려갔다. 그가 챙겨 온 고기 냄새를 맡았는지 바위 너머에서 늑대 한 마리가 나타났다. 동굴 앞에서 만났던 늑대가 분명했다. 품에서 고기 한 덩이를 꺼내 바닥에 던지자 늑대가 게걸스레 고기를 먹어 치웠다.

자세히 보니 늑대의 뒷다리는 세 개였다. 가냘픈 발목 위로 자리한 탄탄한 허벅지에는, 자라다 만 짧은 다리가 덜렁이고 있었다. 그는 깜짝 놀라 뒤로 물러섰다. 늑대는 그의 두려움을 감지한 듯 바닥에 낮게 엎드렸다. 그의 손엔 아직 주지 못한 고기 두 점이 남아 있었다.

"이걸 원하는 거야?"

늑대는 혀를 빼고 숨을 가쁘게 내쉬었다. 그는 늑대에게 한 발짝 다가가 고기 한 점을 더 주었다. 마지막 한 점을 마저 주었을 땐 서로의 코가 닿을 듯 가까워졌다.

그는 겁을 먹었으면서도 늑대 옆에 앉아 그것의 세번째 뒷다리를 자세히 살폈다. 쓰임새를 알 수 없는 그 다리는 갓 태어난 짐승처럼 근육이 여물지 않은 데다, 솜털 역시 보송했다.

그는 어른들이 찾기 전에 다시 동굴로 돌아갔다. 하지만 잠이 든 뒤에도, 그다음 날과 그다음 날에도 늑대의 세번째 다리를 잊을 수 없었다.

그는 한 번 더 늑대를 보러 가기로 했다. 늑대는 그 앞에서만큼은 언제나 경계를 풀었다. 예상대로 동굴에서 체류하는 시간이 길어졌다. 그는 동굴에서 머무는 동안 종종 바위 아래로 내려가 늑대에게 고기를 나눠 주고 함께 숲을 누볐다.

늑대는 열매가 탐스럽게 익은 작은 덤불로 그를 자주 안내했다. 열매를 두 손 가득 따 오자 어른들은 그를 칭찬했다. 자꾸만 혼자 사라지는 그를 다른 아이들이 뒤쫓았다. 대부분 어떻게든 따돌렸지만 딱 하루 그러지 못한 날이 있었다.

그날 늑대는 나뭇가지를 가지고 놀고 싶어 했다. 그는 늑대가 가지를 물어 오면 그 가지를 다시 먼 곳으로 던져 주었다. 세 번까지는 곧잘 합이 맞았지만, 네번째로 나뭇가지를 던졌을 때는 무언가 잘못됐다는 걸 깨달았다. 나뭇가지가 절벽 앞에 떨어졌고 놀이에 심취한 늑대는 그의 외침을 알아차리지 못했다. 뒷발을 헛디딘 늑대는 중심을 잃었다. 절벽 아래로 떨어질 뻔한 늑대를 그가 가까스로 붙들었다.

아찔한 절벽 아래로는 날카로운 바윗덩이가 펼쳐져 있었다. 그는 늑대의 앞다리를 잡아 절벽 위로 끌어당겼다. 둘은 절벽에 앉아 숨을 헐떡였다. 잠시 뒤 늑대가 절뚝이며 일어나 그의 뺨을 핥아주었다. 뒤를 밟던 아이들이 그 광경을 처음부터 끝까지 목격했다. 그날 저녁, 비밀스러운 만남이 사람들 앞에서 낱낱이 밝혀졌다. 늑대에게 먹을 걸 나눠 주고, 늑대와 놀고, 늑대와 숨 쉬는 것까진 큰 문제가 아니었다.

"그 늑대는 다리가 다섯 개예요."

그 점이 문제였다. 자연의 섭리를 거스른 것, 쓸모없는 다리가 보란 듯이 뒷다리에 붙어 있었다는 것. 그게 결정적인 요인이 됐다.

늑대 덕에 달콤한 열매를 먹은 줄 모르는 어른들은 그를 매섭게 야단쳤다. 부모조차 그를 부끄럽게 생각했다. 어떤 남자들은 겨우 숨이 붙어 있던 늑대가 우리의 식량으로 살을 찌우고 말았으니 먹어 치워야겠다고 우겼다. 그는 사람들에게 자비를 빌었다. 그래도 늑대 덕에 열매가 있는 곳과 깨끗한 눈이 쌓인 곳을, 닥쳐오는 모든 위협을 알게 됐다며 죽이지만 말아달라고 애원했다. 그의 아버지가 부족을 대표해 나섰다.

"그 늑대가 다시 눈에 띈다면 우리로서도 어쩔 수 없어. 그러니 알아서 처리해."

그는 선택해야 했다. 야생으로 가 늑대와 함께할 것인지, 부족의 일원으로 남을 것인지. 소중한 대상을 책임지기에 너무도 어렸던 그는 아직 어른의 보살핌이 필요했다. 그는 결국 부족을 따랐다.

"미안, 이젠 안 돼."

그는 늑대가 다가오려고 하면 돌을 던졌다. 더는 음식을 나눠 주지도 않았다. 먼 언저리에서 그를 한참이나 바라보던 늑대는 너른 바위 근처를 떠났다.

그즈음 매서운 눈보라가 서서히 멎었다. 이제 사람들은 늑대가 떠남과 동시에 지난한 이동을 계속해야 했다.

50명에서 48명으로, 48명에서 39명으로.

해가 바뀔 때마다 인원은 착실히 줄었다. 죽은 사람 중엔 그의 어머니와 아버지도 있었다. 그는 홀로 남았지만 무리를 이탈하지 않았다. 사람들은 비난할 대상이 필요하면 서로를 헐뜯다가도 다리가 다섯 개였던 늑대를 불현듯 떠올렸다.

"우리가 아직도 헤매는 건 그 짐승 탓이야."

그는 코웃음 쳤다. 그를 야단치던 사람들을 비롯해, 마을 어른들은 서서히 늙어가고 있었다. 하지만 그는 부족한 식사량에도 불구하고 꾸준히 자라났다. 또래 중 가장 키가 컸고, 움직임도 빨랐다. 흰 눈에 비친 햇빛 때문에 눈이 나빠졌을 법한데도, 먼 곳에 있는 생명체를 누구보다도 먼저 알아차렸다.

그는 머지않아 이들 중 자신이 가장 강한 사람이 되리라고 생각했다. 하지만 그것은 생각일 뿐, 그때까지는 그저 허약한 소년에 불과했다.

그를 포함한 마을 사람들은 언제나처럼 걷고 또 걸었다. 그들은 이제 버림받은 땅에서 완전히 벗어나, 동토와 거리가 먼 부드러운 흙을 이따금 만났다. 하지만 농사를 지을 비옥한 땅은 이미 다른 이들에게 점령당한 상태였다.

산세가 험한 지형을 몇 개월째 넘느라 다리가 퉁퉁 부었다. 그는 부모가 죽은 뒤로 쭉 혼자 생활했기에 이번에도 또래들과 어울리지 않고 숲을 떠돌았다. 그때까지도 그는 다리가 다섯 개인 늑대가 알려준 삶의 지식을 기억하고 있었다.

이끼가 가득한 나무들을 찾고, 새와 산짐승의 기척이 느껴지는 쪽을 향해 뛰어라. 그것이 늑대의 가르침이었다. 예상대로 물소리가 가까워졌다. 그는 걸음을 재촉했다. 덤불을 헤치자 맑은 시냇물과 그 앞에 앉아 있는 어린 늑대가 보였다.

늑대는 경계와 호기심의 기로에 서서, 갈색 눈동자로 그를 응시했다. 잘못 본 게 아니라면 늑대의 뒷다리는 분명 세 개였다. 그는 마치 벼락에 맞은 듯 몸을 떨었다. 몇 해 전 동굴 앞 바위에서 그러했듯, 몸을 낮춘 채 늑대의 다리를 살피자 위협을 느낀 늑대가 도망쳤다. 곧바로 뒤쫓아 달렸지만 어린 짐승은 보기보다 움직임이 재빨랐다.

그는 어린 늑대가 무리로 돌아가는 모습을 먼발치에서 지켜봤다. 그들 중 가장 늠름한 회색 늑대는 한때 그가 사랑하고, 따르고, 함께 뛰놀던 늑대였다. 그는 오랜 친구를 향해 인사를 건넸다. 늑대는 알아보기라도 한 듯 고개를 들어 그를 쳐다보았다. 하지만 그게 전부였다.

늑대 무리는 어디론가 멀어졌다. 그는 늑대가 가는 방향을 마음에 새겼다. 그곳엔 녹음이 어렴풋이 보였다. 그는 마을 사람들에게 돌아가, 정착할 곳을 찾을 수 있을지도 모른다고 말했다.

"늑대가 우리를 인도할 거예요."

사람들은 그의 말을 믿지 않았고 결국 그는 홀로 걸어야 했다. 내심 그를 의지하던 이들만이 의심 없이 그 뒤를 쫓았다.

그는 친구의 흔적을 따라 움직였다. 털과 발자국, 배설물을 쫓아 하루, 이틀, 일주일, 수개월을 걷고 또 걸었다. 그리고 마침내 너른 강이 자리한 빈터에 도착했다. 1년 내내 따스하고 눈이 내리는 날조차 동토와 비교할 수 없을 만큼 온화한, 비옥지였다.

"너를 만난 것도 결국 늑대 덕분이야."

그는 내게 선물했던 조약돌에 다리가 다섯 달린 늑대를 새겨주었다. 나는 그것을 소중히 쥐었다.

그는 마을에서 가장 강한 사람이 되진 못했지만 가장 현명한 사람으로, 가장 발이 빠른 남자로 성장했다. 그의 셈에 따르면, 다리 다섯 달린 늑대 덕에 이곳에 정착했으니 여섯 개의 발가락을 지닌 여자쯤은 부족 모두가 아무렇지 않게 받아들여야 했다.

그가 산달에 가까워져가는 내 배를 다정히 문질렀다. 그에겐 말하지 않았지만, 배 속에 있는 아기가 나와 같은 손발을 가지고 있을 것 같아 두려웠다. 열 손가락과 열두 손가락은 하늘과 땅만큼이나 달랐다. 나는 만물의 신들에게 빌고 또 빌었다. 아이의 손이 그의 것과 같기를. 만약 나와 같은 아이가 태어난다면, 내가 그 아이의 손가락과 발가락 역시 자를 수 있기를.

다행히 이곳은 내가 자라온 마을보다도 폐쇄적이었다. 동토에서의 삶을 버리지 못한 사람들은 서로를 시기하고 미워하던 순간을 자주 떠올렸다. 그 사실만이 내겐 구원이었다.

늦은 저녁. 그는 달을 보러 가자며 나를 설득했다. 마을 사람들이 각자의 거처에서 자고 있을 때였다. 집을 벗어난 순간 월광이 얼굴에 드리웠다. 우리는 쏟아질 듯한 별을 따라 걸었다. 도착한 곳은 마을에서 그리 멀지 않은 작은 밭이었다. 낮은 키의 황금빛 볏짚이 허리춤을 간질였다. 그는 주위를 둘러본 다음 쭈그려 앉아 내 신을 벗겼다.

"걸어봐. 기분 좋을 거야."

나는 그가 시키는 대로 신발을 벗었다. 흙의 습한 기운이 발가락 사이로 파고들었다. 그는 행복해하는 나를 보며 웃었다.

우리는 달빛 아래에서 맨발로 흙을 밟으며 한참을 거닐었다. 그가 동토에서 걷던 때처럼 묵묵히. 다른 점이 있다면 밤조차 따스하고, 밭에선 작물이 자라나고 있단 것이었다. 그가 힘들어하는 나를 부축했다. 우리는 별의 호위를 받으며 마을로 돌아왔다. 그때까지도 나는 신을 신지 않았다. 집 근처에서 아이 한 명이 서성였다. 그는 아이에게 무엇을 하고 있느냐고 물었다. 아이는 기르던 토끼가 우리 집으로 들어가고 말았다며, 혹시 안에 들어갈 수 있는지 되물었다.

그는 아이의 시선이 내게 향하기 전에 집 안을 확인했다. 성인 주먹만 한 크기의 토끼가 그의 손에 붙잡혀 나왔다. 아이는 감사하다는 인사도 없이 자기 집으로 줄행랑쳤다. 나는 집에 들어서자마자 화덕 앞에 주저앉았다. 아랫배가 무섭게 당겼다.

"저 애가 내 발을 본 것 같아."

"아니야. 토끼를 찾느라 바빴는걸."

하지만 그의 시선은 자꾸만 문 쪽에 머물렀다. 누군가

가 바깥에서 수런거렸다. 온몸에 한기가 돌았다. 그는 내내 잠들지 못하다가 해가 뜨기 직전 자리에서 일어나 옆 마을로 향했다. 내 어머니와 그가 집으로 돌아왔을 땐 이미 양수가 터져 있었다. 그녀는 깨끗한 천을 내 엉덩이 밑에 깔았다. 두려움에 떠는 나를 보며 어머니는 그가 어째서 산파 대신 자신을 불렀는지, 내가 왜 이토록 무서워하는지 이해했다. 이해했기 때문에, 괴로워하는 아버지를 홀로 남겨둔 채 내가 있는 곳으로 달려온 것이다.

집 밖에선 내 울음소리를 들은 사람들이 하나둘 몰려들었다. 그는 입구에 서서 사람들이 집 안을 들여다보지 못하게 막았다. 나는 비명을 질렀다. 조그만 얼굴과 어깨, 짧은 다리에 이르기까지. 아이가 산도를 따라 나오는 과정이 하나하나 느껴졌다.

고개를 가눌 힘조차 없던 나는 불러 있는 배 너머로 아이를 언뜻 보았다. 아이는 축 처져 있었다. 어머니가 입술로 아이의 코를 빨았다. 죽은 듯했던 아이가 사지를 바르작거렸다. 그의 얼굴에 이상한 미소가 걸렸다. 나는 눈물을 닦았다. 아이의 체구는 상상 이상으로 작았다.

진통은 끊이지 않았다. 그는 아이를 넘겨받기 위해 어머니의 등 뒤에 섰다. 입구를 막는 사람이 없어지자 마을 사람들이 집 안으로 하나둘 머리를 들이밀었다.

"나온다. 또 나오고 있어."

누군가가 말했다. 나는 물에 빠진 사람처럼 상체를 휘저었다. 이전보다 더 심한 고통이 아래에서 느껴졌다. 두번째 아이였다. 내가 품고 있던 아이는 실은 아이들이었다. 나는 너무 무서워 발을 굴렀다. 신이 벗겨지며 발가락이 드러났다. 토끼를 찾던 아이가 아까 말한대로 여섯 개가 맞지 않느냐며 목소리를 높였다.

내 두번째 아이는 밖으로 나오자마자 큰 소리로 울부짖었다. 어머니는 죽은 아기를 본 것처럼 손을 떨었다. 내가 이제 더는 싫다고 몸을 뒤흔들었을 때 마지막 아이가 산도를 빠져나왔다. 고요한 집 안이 아이들의 울음소리로 가득 찼다. 나이 든 노인이 내게 손가락질했다.

"그 늑대가 무슨 짓을 했는지 봐."

남편은 아이들을 어머니에게 맡기고는 칼을 움켜쥐었다. 몇몇은 그 기세에 질려 밖으로 도망쳤다. 버티고 선 사람들이 나를 끝까지 비난했다. 기어코 칼이 휘둘러졌다. 늑대를 언급한 노인은 왼뺨이 베였다. 한 남자가 겁없이 맞서다가 목을 찔렸다. 피가 사방으로 뿜어졌다. 어머니는 자비를 바랐다. 집은 어느새 텅 비었다. 그는 피 묻은 손으로 아이들을 끌어안았다. 나는 울면서 애원했다.

"아무도 없는 곳으로 도망치자."

"어디로?"

생각나는 건 한 곳뿐이었다.

"동토로."

나는 척박할지언정 그곳에서 새 삶을 살고 싶었다. 그는 한동안 붉어진 눈으로 나를 응시하다가 짐을 꾸렸다.

우리는 사람들이 몰려오기 전 마을을 벗어났다. 어머니가 우리가 아예 보이지 않을 때까지 손을 흔들었다. 아이들은 배가 고파 울부짖었다. 하지만 어떤 소리도 어머니의 울음소리를 뒤덮진 못했다.

살육과 키스

위로, 다시 위로.

따뜻한 땅에서 추운 땅을 향해 나아갔다. 아이들에게 필요한 물품은 모두 훔쳤다. 그와 나는 다행히 도둑질에 있어 천부적이었다. 먹을 것이 떨어지면 한가한 때를 노려 다른 마을 사람들이 일군 밭을 습격했다. 들킬 염려는 없었다. 보통 사람보다 예민한 감각을 이용해 항상 제때 현장을 벗어났으니까.

가끔은 먹는 것에 그치지 않고 옷을 짓는 데 필요한 물품과 목걸이, 팔찌도 훔쳤다. 그때마다 깊은 슬픔을 느꼈다. 고작 몸을 치장하기 위해 이따위 것들을 훔치다니.

도망치는 데 조금의 쓸모도 없다는 걸 알고 있으면서도.

"하지만 이런 것들이 있어야 당신이 버틸 수 있어."

그가 청동으로 만든 장신구를 내 발목에 채웠다. 걸을 때면 묵직한 감촉이 살결을 간지럽혔다. 나는 그 장신구 덕분에 내게도 남들과 다르지 않은 건강한 발이 있단 사실을 매일 아침 깨달았다.

새 신을 만드는 건 오래 지나지 않아 포기했다. 무언가를 훔치지 않을 때를 빼곤 민가가 없는 곳만 찾아서 움직였던 나는 마음이 내킬 때면 언제든 맨발로 걸었다.

아이들은 자주 열이 나고 이해할 수 없을 만큼 울었지만 죽을 정도로 아픈 적은 하루도 없었다. 흰 조약돌에 깃든 늑대의 기운, 혹은 스쳐 지나는 바람, 내리쬐는 볕 속의 신이 내 아이들을 보호했다. 그 믿음 덕에 세 아이를 데리고 고즈넉한 거처를 찾는 것도 상상에서 그치지 않을 거라 낙관할 수 있었다.

"어쩌면 적절한 도피처가 있을지도 모르겠어."

여정을 시작한 지 한 달째, 그는 큰 나무에 등을 기대고 섰다. 나무엔 어릴 적에 그가 새긴 흔적이 남아 있었다. 그는 이 나무 근처에 빈 토굴이 있으며, 그곳이라면 우리 식구가 당분간 머물기에 나쁘지 않을 거라고 했다.

"하지만 동토가 얼마 남지 않았는걸."

"당신은 아무것도 몰라. 거기서는 누구도 살아남을 수 없어."

그는 먹구름이 낀 저편을 노려보았다. 오랜 시간을 걷고 또 걸어야 그가 태어난 곳에 도달할 수 있을 텐데, 그는 일찌감치 우리에게 닥칠 미래를 감지한 듯했다.

나는 그럴수록 먹구름 너머가 궁금해졌다. 그는 나무 그늘을 벗어났다.

"늦어도 오늘 저녁이면 토굴에 도착할 거야."

토굴로 가는 방법에는 빠른 길과 느린 길이 있었다. 빠른 길은 해가 지기 전에 도착할 수 있지만 그러려면 눈앞에 있는 마을을 지나쳐야 했다. 안타깝게도 그 마을은 외부인한테 경계가 심한 곳이었다. 나는 멀리 있는 검은 호수를 가리켰다.

"호수를 건너는 건 어때?"

그가 기억하기로 호수의 수위는 낮은 편이었다. 아이들을 업고 갈 수 있는지 확신할 수는 없었지만 우리에게 다른 대안은 없었다. 나는 먼지에 뒤덮인 아이들의 뺨을 쓰다듬었다.

"해가 진 이후에 움직이자."

그것이 우리가 세운 유일한 계획이었다.

*

하늘에 어둠이 깔리기 시작할 무렵, 그와 나는 호수로 향했다. 밤의 호수는 눈보다도 차가웠다. 아이들은 호수에 발이 닿을 때마다 울음을 터뜨렸다.

주변은 바로 눈앞도 보이지 않을 만큼 어두웠다. 나는 아이들을 떨어뜨리지 않게 조심했다. 한 걸음씩 앞으로 옮길 때마다 정체를 알 수 없는 무언가가 종아리를 스쳤다.

상상 속 그것은 흉포한 생물일 때도, 누군가의 시체일 때도 있었다. 안 그래도 이 근처 마을 사람들이 외부인을 죽인 뒤 호수에 버린다는 이야기를 막 들은 참이었다.

"이제부터 수위가 높아질 거야."

그가 경고했다. 나는 크게 심호흡했다. 호수 중심이 코앞이었으니 조금만 걸으면 반대편에 도착할 수 있었다. 그는 미조와 다운을 끌어안은 채 조심스레 발을 내디뎠다. 호수 바닥은 대체로 평평했지만 예상치 못한 순간 불쑥 깊어졌다. 겁이 나 걸음 멈춘 그때, 그의 몸이 호수 안으로 고꾸라졌다.

등 뒤에 업혀 있던 돈이 울음을 터뜨렸다. 나는 한 손으로 첨벙거리는 그를 붙잡았다. 호수 밖으로 나온 그가 거칠게 숨을 내쉬었다. 품 안에는 흠뻑 젖은 다운만이 안겨 있었다.

"미조를 놓쳤어."

그의 입술이 파르르 떨렸다. 다운을 내게 건넨 그가 수면 아래로 몸을 던졌다. 아이들의 울음소리가 점차 커졌다. 저 멀리서 빛이 어룽거리는 듯하더니 횃불을 든 사내 몇 명이 다가왔다. 나는 마을 사람들이 이쪽으로 오고 있다며 소리쳤다. 그가 호수 너머로 가다 말고 다시 돌아왔다.

나는 아이들의 입을 틀어막았다. 우리는 호수 중앙에서 있었기 때문에 몸을 숨길 곳이 없었다. 횃불의 수가 계속 늘어났다. 미조는 여전히 보이지 않았다. 그가 호수 주변으로 다가온 사람들에게 뭐라 고함쳤다. 나는 그에게 아이들을 건네고 물속으로 뛰어들었다. 그의 비명 같은 외침은 철벅거리는 물소리와 함께 사라졌다.

어둠이 지속되던 것도 잠시, 맞은편에서 은색으로 빛나는 무언가가 반짝였다. 큰 물고기처럼 보이는 형체와 마주친 순간 미조가 그것에게 잡아 먹힌 것은 아닌가 하는 생각이 들었다. 그 생각은 곧 강박으로, 미칠 듯한 고통으로 바뀌었다. 나는 물고기를 쫓아 움직였다. 미조가 정말 먹힌 것이라면, 배를 갈라 아이를 구할 것이다. 하지만 거대한 유선형의 몸체는 잡힐 듯 잡히지 않았다.

두 갈래로 갈라진 꼬리가 손끝을 스쳤다. 양손을 앞으로 뻗어 굵은 몸통을 잡으려는 순간 수풀이 이마를 간질였다. 나는 당황해 주위를 둘러보았다. 은빛 물고기는 더 이상 눈앞에 없었다. 보이는 건 무성한 물풀뿐이었다. 미조의 웃음소리가 근처에서 들렸다. 나는 바닥을 딛고 일어섰다.

턱 아래로 물방울이 뚝뚝 떨어졌다. 나는 물풀 사이를 헤쳤다. 미조는 그곳에 있었다. 배영이라도 하듯 한가로이 하늘을 보며.

나는 물 위에 뜬 부들을 건지듯 따스하고 작은 몸을 들어 올렸다. 미조의 웃음을 보자 눈물이 차올랐다.

뜨거운 불빛 여러 개가 머리 위로 드리웠다. 미조는 그 온기를 쥐려는 듯 손을 들었다. 호숫가엔 횃불을 든 장정 여럿이 서 있었다. 그들은 미조의 손가락에서 눈을 떼지 못했다. 반대편 호반에선 남편과 돈, 다운의 형체가 어른거렸다.

*

수탈, 절도, 절취, 강탈, 도둑질. 나는 그 단어들을 잘 알고 있다. 내가 다른 이의 장신구를 빼앗았을 때, 그가 아이들을 위해 음식을 훔쳤을 때, 나는 약탈이 무엇인지 배웠다.

그것은 무언가를 간절히 탐했을 때 나타나는 폭력의 확장이었다. 내가 한때 가졌던, 계속 가져야만 했던 무언가를 억지로 빼앗기는 일이었다. 뒤늦게나마 내가 저지른 일을 후회했지만 늦었다. 일은 이미 벌어졌다. 돌이킬 수 없다. 정신을 눅이고, 머리부터 발끝을 꼬챙이로 관통시키는 듯한 고통스러운 일이 일어나고 말았다.

나는 흙바닥에서 눈을 떴다. 곁엔 남편이 누워 있었다. 붉게 물든 그의 얼굴을 매만졌다. 잘린 그의 두 다리에서 피가 뿜어져 나왔다.

"아이들은?"

"빼앗겼어."

나는 고개를 들어 주위를 살폈다. 우리는 토굴에 들어와 있었다. 이곳은 그가 내내 말했던, 우리의 안식처가 될 수도 있었던 장소였다.

"그 애들을 왜 데려갔는데?"

"부정을 씻어낼 제물로 쓰려고."

그는 내 곁에서 몸을 웅크렸다. 우리는 마치 반으로 쪼개진 씨눈처럼 몸을 맞댔다. 나는 그의 뺨을 쓰다듬었다. 그는 이미 지나치게 많은 피를 흘렸다. 까만 두 눈동자가 나를 옭아맸다.

"당신에게 할 이야기가 있어."

그가 품에서 가죽 주머니를 꺼냈다. 그건 내가 오래전 아이들을 위해 챙겨둔 곡물 주머니였다. 그가 손을 뻗어 나를 안았다.

"그 애들을 찾아줘. 당신은 할 수 있을 거야."

그의 마지막 숨결이 내 입술에 닿았다. 나는 못 한다고 하고 싶었지만 그는 더 이상 내 말을 듣지 못했다.

나는 그날 새벽 토굴을 벗어났다. 뒤는 돌아보지 않았다. 그것만이 내가 그의 곁에 머물지 않을 유일한 방법이었다.

아이들은 그 순간에도 내게서 멀어지고 있었다. 손쓸 수 없을 만큼 빠르게.

*

혼자 길에 나선 이후, 날짜를 기록하기 위해 가죽 주머니 겉면을 날카로운 뼈바늘로 긁었다. 그것만이 시간을 가늠할 수 있는 유일한 수단이었다. 휘어진 길은 끝도 없이 이어졌다. 낮과 밤을 통틀어 보이는 것은 흙과 풀, 적의뿐이다. 주머니에 새긴 빗금은 날이 갈수록 늘었다. 걷는 동안 늑대 울음소리를 자주 들었는데, 그럴 때면 누군가가 옆에서 함께 걷는 것 같기도 했다. 나는 그가 남편일 것이라고 좋을 대로 믿었다.

가족도 없이 혼자 떠도는 여자는 인간에게도 짐승에게도 좋은 먹잇감이다. 늑대들은 위험한 존재가 내 곁을 어슬렁거릴 때면 어느 때고 나타나 울부짖었다. 그들은 내게 있어 남편이 보낸 전령과 다를 바 없었다.

다리 다섯 달린 늑대는 따스한 땅에서 아이를 기르며 살겠지만, 그의 형제들은 이 근방에 남아 있을 것이다. 나는 그들을 직접 보길 원했으나 눈앞에 결코 나타나지 않았다. 그들이 우는 곳이 곧 내가 갈 땅이 되었다.

우리의 목적지가 됐을지도 모를 동토는 연일 먹구름과 낙뢰에 뒤덮였다. 그곳에 드리워진 어둠과 달리, 내가 걷는 곳은 환하고 뜨거웠다. 더러운 웅덩이라도 발견하면 그곳에 고인 물을 정신없이 들이켜야 했다.

그때 남은 기억이라곤 갈증을 해결하기 위해 나뭇잎을 핥던 것이나, 허기를 달래기 위해 죽어가는 사슴을 먹었던 것뿐이었다.

나는 멈추지 않았다. 주머니 안 곡물들이 한쪽으로 쏠리며 파도 소리를 낼 때는 더욱. 걸으면 걸을수록 늑대 울음소리는 강해졌다. 잠든 시간과 깨어 있는 시간의 경계가 흐릿했다. 생각보다 긴 시간이 흐른 듯하다가도, 주머니의 빗금을 세어보면 고작 며칠이 흘러 있었다. 어깨 아래로 흘러내린 머리카락 사이로 흰 머리칼이 하나둘 보였다.

나를 지켜보는 이는 오로지 동토뿐이었다. 피로와 함께 더위가 어깨 위로 쌓였다. 희디흰 눈을 맞는다면 더 이상 소원이 없을 듯했다. 늑대들이 경고의 울음소리를 냈지만 내 다리는 조금씩 언 땅을 향해 나아갔다. 뜨거운 태양도 얼어붙은 토양 위에선 맥을 못 췄다. 나는 눈보라를 맞으며 쓰러졌다. 끔찍한 더위를 이겨내며 걷기엔 힘이 남아 있지 않았다.

너른 대지엔 몸을 숨길 수 있는 곳이 아무 데도 없었다. 나는 너무 지친 나머지 눈을 감았다. 백일몽을 꾸었는데, 그곳에선 남편이 내 머리를 쓰다듬고 있었다.

"잊지 마. 아이들을 찾아야 해."

"만약 못 찾으면?"

"아니, 넌 찾을 수 있어."

그가 내 뺨에 입을 맞췄다. 그건 드문 일이었다. 언젠가 남편은 뺨에 하는 입맞춤은 단순히 사랑해서가 아닌, 애틋함이 섞인 행위라고 했다. 마치 헤어지기 전의 연인이 그러하듯이.

나는 그 입맞춤을 끝으로 쓰러지듯 잠들었다. 나를 안내해주던 늑대 울음소리는 차츰 줄어 거의 들리지 않았다. 그의 목소리가 귓가에 맴돌았다. 반드시 찾아야 해. 찾아야만 해. 내가 널 끝까지 도울 거야. 네가 무사히 아이들의 품으로 갈 수 있도록.

추위에 뺨이 얼어붙을 무렵, 나는 다시 눈을 떴다. 세찬 눈보라가 시야를 어지럽혔다. 눈앞엔 말을 탄 이들이 서 있었다. 그들은 동토를 경유해 마을로 돌아가려던 평야인이었다. 무리의 대장으로 보이는 남자가 내게 물었다.
"우리는 정찰을 위해 왔다지만 당신은 어째서 이 버림받은 땅에 온 겁니까?"
나는 세쌍둥이 여자아이들, 여섯 개의 손가락과 여섯 개의 발가락을 가진 내 딸들을 찾던 중 길을 잃었다고 했다. 우리는 서로 다른 언어를 썼지만 표정과 몸짓, 무엇보다 목소리로 상대방이 하려는 말을 유추할 수 있었다. 남자가 안타까운 눈빛을 보냈다.
"그 아이들이라면 오래전 이곳을 떠났습니다."
"어디로요?"
"저 멀고 먼 서쪽 땅으로."
아이들은 부정을 씻을 진귀한 존재였기에 또다시 누군가의 액운을 막기 위해 팔렸다. 나는 남자에게 내 흙터 가득한 여섯 개의 발가락을 보여주며 이제 더 이상 걸을 수 없다고, 혹시 나를 서쪽 땅까지 데려다줄 수 있겠느냐고 물었다.
남자를 비롯한 평야인은 나를 동정했다. 하지만 선불리 나와 동행하겠다고 나서는 이는 없었다. 남자가 방법을 고민하는 사이, 말을 탄 여자가 내게 다가왔다.
그녀는 그들 사이에서 단연 돋보였다. 전에 본 적 없는 환한 금발을 한 여자였다.

“마침 서쪽으로 가려던 참이었으니 제 말에 같이 타도 좋아요.”

나는 그에 대한 대가로 내 장신구를 그녀에게 건넸다. 여자는 그것을 자기 발목에 채웠다. 청동색 장신구가 고운 피부 위에서 빛났다. 여자는 이제 매일 아침, 자기에게 튼튼한 두 다리가 있다는 사실을 깨달을 것이다.

나는 여자의 말에 올라탔다. 말은 빠르게 앞을 향해 달렸다. 그녀는 남편이 보내준 내 다음 전령이었다.

농후한 세계

여자의 이름은 영현.

좋은 쪽으로든 안 좋은 쪽으로든 내게 영향을 미쳤다는 점에서 그녀는 나를 괴롭힌 남자의 딸과 닮았다.

영현이 여정에 오른 이유는 단순했다.

"엄마를 찾기 위해 서쪽으로 가고 있어."

영현의 이야기는 금발의 이방인이 평야에 당도한 순간 시작됐다. 이방인, 영현의 친모는 굶어 죽기 직전 겨우 사막을 넘어 드넓은 평야에 도착했다. 그녀는 맨 처음 맞닥뜨린 평야인에게 안고 있던 어린아이를 건넸다.

"부디 이 아이를 살려주세요."

영현의 엄마는 그 말을 남긴 뒤 쓰러졌다. 죽은 건 아니었다. 오랜 시간 쉬지 않고 걸은 그녀는 눈앞에 도끼날을 가져다 대도 모를 정도로 깊이 잠들었다. 평야인은 한마음으로 이방인들을 죽여야 한다고 주장했다. 모녀의 외관이 불쾌한 건 물론이거니와, 두 사람이 그들의 거처까지 오는 걸 아무도 보지 못했다는 사실이 찜찜했다.

평야인의 생존 확률은 침략자를 죽인 횟수에 비례했다. 숨을 곳 하나 없는 이 거대한 대지에서 살아남기 위해선 방문객들을 무자비하게 처단해야 했다. 하지만 평야인은 그날만큼은 조금 망설였다. 뜻밖에도 영현의 맑은 웃음, 푸른 눈에 비친 천진함을 보고 말았기 때문이었다.

그들은 영현과 영현의 엄마를 바로 죽일 것인지 표결에 부쳤다. 대부분이 동의했으나, 내키지 않아 하는 이도 있었다. 그들은 저주스러운 푸른 눈동자를 경멸하면서도 번번이 매혹됐다.

절대다수의 뜻에 따라 그들은 두 이방인을 죽이기로 결정했다. 사사로운 정 때문에 위험한 싹을 살려둘 순 없었다.

사형집행인은 도끼날을 날카롭게 벼렸다. 아주 작은 실수도 용납할 수 없었다. 집행인은 모녀의 움직임에서 한시도 눈을 떼지 않았다. 하지만 그럴수록 일을 그르칠지도 모른다는 공포가 그녀를 괴롭혔다. 사람들의 입에서 시원의 노래가 흘러나왔다. 그들이 태어나기도 전에 존재했을 비명 같은 곡조였다.

집행인은 한 번에 일을 끝내기 위해 영현과 영현 엄마의 몸을 위아래로 겹쳤다. 지나가는 이가 멀리서 이 광경을 보았다면 모녀가 낮잠을 즐기는, 아름다운 모습으로 여겼을 것이다.

곡이 점차 절정에 이르렀다. 집행인은 눈을 감았다. 도끼가 빠르게 하강했다. 그 순간 동토의 먹구름이 평야의 하늘 위로 갑작스레 몰려들었다. 한동안 볼 수 없었던 비를 잔뜩 머금은 암운이었다.

빗방울이 사형집행인의 이마 위로 떨어졌다. 처음에 그녀는 그것을 새똥이라고 착각했다. 집행인은 이마를 훔쳐 손끝의 냄새를 맡았다. 익숙하고도 낯선 물냄새가 났다.

집행인은 고개를 쳐들었다. 모녀의 죽음을 바라면서 동시에 바라지 않고 있던 이들도 머리를 들어 올렸다. 굵은 빗방울이 내리기 시작했다.

"비다."

사람들이 속삭였다. 집행인은 모녀의 목을 내려치려

던 도끼를 땅에 버렸다. 시원의 노래는 여전히 끊기지 않았다. 평야인의 몸부림은 환희를 향한 춤으로 변화했다.

증발과 응결의 원리를 모르는 평야인으로선 모든 게 신의 안배로만 보였다. 영현과 영현의 엄마가 평야인의 거처에서 머무는 동안 먹구름은 끊임없이 몰려왔다. 기력을 차린 금발의 이방인이 홀로 평야인의 쉼터를 떠난 날 비로소 비가 그쳤다.

"그때부터 내 이야기는 시작된 거야."

영현의 말처럼 영현의 삶은 엄마가 자취를 감추면서부터 시작되었다. 어떤 설명이나 예고도 없이. 영현은 자기에게 드리워진 신성이 거짓이란 사실을 짐작했지만, 주위에서 연거푸 일어나는 행운에 대해선 뚜렷이 설명하지 못했다. 친모에게 물려받은 신비한 힘이 자신을 지켜주고 있다고 믿을 뿐이었다.

나는 영현의 등에 이마를 기댔다. 잃어버린 대상을 찾고 있다는 점에서, 우리는 쌍둥이와도 같았다.

"서쪽에 네 엄마가 있다는 걸 어떻게 확신해?"

"내 양부모가 엄마가 떠나는 모습을 보았거든."

"엄마가 널 원하지 않으면?"

"그래도 이유는 들어야겠어. 날 버린 이유, 평야에 온 이유, 그리고 평야를 다시 떠난 이유를. 다시 버림받는다고 해도 평야론 돌아가지 않을 거야."

영현은 굳게 다짐했다.

하루, 이틀, 사흘 숱한 날이 흘렀다. 가죽 주머니에 날짜를 새길 공간이 점점 줄어들었다. 날 선 바람과 모래폭풍, 위협적인 더위를 견디는 동안 말 여러 마리가 잇따라 죽었다. 영현은 언제나 말이 고꾸라지기 전, 다시 야생마를 찾아내 그녀의 손에 맞게 길들여야 했다.

나는 영현이 말을 길들일 때면 뜨거운 사막에서 그녀를 기다렸다. 우리는 이미 여러 마을을 지나쳤다. 가는 곳마다 우리를 반기는 곳은 없었지만 어떤 마을을 가든 영현이 발을 디딘 곳엔 신비로운 일이 일어났다. 자라지 않던 작물이 싱싱해지고, 역병이 잦아들었다. 시든 꽃이 다시 피어나고, 우는 아이마저 그녀를 환대했다. 우리는 그 덕에 날카로운 검에 가슴을 꿰뚫리는 일 없이 목숨을 부지할 수 있었다.

당사자조차 모르는 영현의 특별한 능력이 있다고 해도 여전히 어떤 마을은 위험했다. 영현은 대개 젊은 기백을 뿜으며 어느 마을이든 가리지 않고 들어가려고 했지만, 나는 번번이 그런 영현을 말렸다.

우리는 완벽한 공생 관계였다. 영현은 내가 꾸벅꾸벅 조는 동안 말의 목을 축이고 먹을 걸 찾았다. 영현이 나눠 주는 과실은 대체로 물큰했으나 나는 불평하지 않았다. 영현이 날 위해 먹을 것과 재울 곳을 찾아주면, 나는 그녀를 위험으로부터 지켰다.

미래는 불분명해도 위험만은 또렷한 곳, 그곳이 우리가 걷는 길이었다. 해가 머리 위에 있을 땐 너무 더워 모래 구덩이를 파고 숨어야 했으며, 밤엔 짐승을 피해 나무 위로 올라가야 했다. 말과 나와 영현은 서로를 살뜰히 보살폈다. 시간이 갈수록 이해가 가지 않는 건 내 몸에 일어나는 변화였다.

나는 어느 순간부터 영현의 등 뒤에서 눈을 감는 것 말고는 할 수 있는 일이 없었다. 얼굴만은 아이들을 잃었던 그때 그대로였지만, 몸은 노인처럼 허약했다. 검은 머리카락도 몇 남지 않았다. 이제 내 머리카락은 거의 백발이었다.

하지만 영현의 찬란한 금발은 뜨거운 태양 아래서도 꿀처럼 달콤한 냄새를 풍겼다. 그녀는 미래에 대한 기대로 한껏 부풀어 나날이 또렷하게 아름다워졌다.

내게 남은 검은 머리칼이 채 열 가닥도 되지 않았을 때, 우리는 드디어 영현의 엄마가 있다는 드넓은 마을에 도착했다. 그곳은 벌집 모양의 집이 다닥다닥 붙어 있는 아름다운 도시였다. 골목이 없는 대신, 사람들은 지붕 위를 걸어 다녔다. 누군가를 만날 때는 건물에 붙은 사다리를 통해 목적지에 들어섰다.

나와 영현은 마을 입구에 말을 묶어둔 뒤 그들처럼 건물 지붕 위로 올라갔다. 영현은 마을 사람들에게 저 멀고 먼 평야에서 온 한 여자에 대해 아느냐고 물었다. 한 남자가 대답했다.

"그 샤먼이라면 오른쪽 네번째 집에 살고 있습니다."

영현은 샤먼이라는 말에 놀랐다. 양부모에게서 전해 들은 친모의 외관을 다시 한번 설명하자 그는 그렇다면 더욱 분명해졌다며, 영현을 샤먼이 사는 집으로 직접 안내했다.

영현은 남자에게 물었다.

"엄마가 샤먼이란 걸 어떻게 확신하죠?"

"그녀가 신과 소통하니까요."

그는 신비한 힘을 지닌 여자를 지칭할 단어가 샤먼 말고 또 뭐가 있느냐고 했다.

영현과 내가 샤먼의 집 사다리에 막 발을 얹으려 할 때, 한 나이 든 여성이 건물 입구로 나왔다. 그녀는 쌍둥이라고 불러도 될 정도로 영현과 이목구비가 비슷했다. 영현을 본 샤먼의 얼굴이 불안으로 일그러졌다.

"네가 결국 일을 망치는구나."

샤먼은 영현을 데리고 너른 집 안으로 들어갔다. 나는 옥상에 홀로 남아 귀를 기울였다. 가재 부서지는 소리와 흐느낌, 몇 번의 고성이 오간 끝에 두 사람의 온전한 목소리를 들을 수 있었다. 영현은 샤먼에게 어째서 자신을 버렸는지 소리 높여 추궁했다. 샤먼은 그에 바로 답하는 대신 영현에게 일어났던 신비한 일들을 언급했다.

"네가 가는 곳엔 자라지 않던 작물이 자라나고, 역병이 잦아들었을 거야. 시들었던 꽃이 피어나고, 우는 아이마저 너를 환대했겠지. 어디에 두어도 눈에 띄는 널 머나먼 땅에 버릴 수밖에 없었어."

"고작 그런 이유로?"

"그래, 넌 내 곁을 떠나지 않으면 불행해질 운명이었으니까."

샤먼은 영현을 낳기도 전, 아이를 밴 몸으로 남편에게서 달아나야만 했던 순간을 이야기해주었다. 그녀의 남편은 어린 소녀였던 샤먼을 납치해 억지로 결혼한 이후 내내 집 안에 가둬두었다. 샤먼은 가족들을 만나지 못하는 것은 물론, 1년 중 반을 집에서 갇혀 지내야 했다. 남편은 샤먼의 아름다운 얼굴과 그녀가 지닌 신비한 능력을 마음에 들어 했다. 곧 태어날 영현 역시 그의 훌륭한 소유물 중 하나였다. 그러니 샤먼이 할 수 있는 일이라곤 그에게서 달아나 딸을 최대한 멀리, 남편의 손이 닿을 수 없는 곳에 버리는 것뿐이었다. 그런데 이제 영현이 돌아왔으니 과거의 모든 노력이 수포가 된 것이다.

"그가 다시 우리를 찾으러 올 거야."

샤먼은 두려워했다. 영현의 분노가 차츰 사그라들었다. 그들은 이제 내가 들을 수 없을 정도로 조그맣게 대화를 주고받았다.

나는 영현을 하염없이 기다렸다. 그녀가 서둘러 집에서 나와 무슨 일이 있었는지 설명해주길 바라며. 그때 내 주변을 서성이던 한 노인이 말을 붙였다.

"혹시 여섯 개의 손가락을 가진 세쌍둥이를 알고 있습니까?"

노인의 시선이 내 발가락에 머물렀다. 나는 반색했다.

“그 애들이 어디로 갔는지 아시나요?”

“그들은 이곳 사람들이 짊어졌어야 할 온갖 죄를 뒤집어쓰고 바다 건너 한 섬으로 갔어요.”

섬이라니. 육로를 통해 움직이는 건 쉬웠지만 바다라면 이야기가 달랐다. 내 절망을 눈치챈 노인이 말을 이었다.

“내가 배를 태워줄 사람을 알고 있으니 걱정하지 말아요.”

노인은 결심이 선다면 마을 입구로 찾아오라고 했다. 그는 아이들을 위해 나서지 못했던 당시의 죄책감을 뒤늦게라도 씻고 싶어 했다.

노인은 미련 없이 떠났다. 영현과 샤먼의 대화는 멈추지 않고 이어졌다. 나는 떠나겠다고, 영현이 오지 않겠다면 나 혼자서라도 아이들이 있는 섬으로 가겠다고 마음을 굳혔다. 남은 것은 작별 인사뿐이었다.

영현은 그날 늦은 새벽이 돼서야 집 밖으로 나왔다. 그녀가 사슴 가죽으로 만든 망토를 내 어깨 위에 걸쳐주었지만 나는 그것을 되돌려주었다.

"난 이제 떠나. 이번엔 정말 아이들을 만날 수 있을 것 같아."

나는 노인과 있었던 일을 영현에게 들려주었다. 영현은 슬퍼하며, 함께 가진 못하겠지만 끝까지 나를 돕겠다고 했다.

평야로 돌아가거나 부정을 씻어내고 다른 곳으로 달아나거나, 영현은 둘 중 하나를 선택할 수 있었지만 후자는 불가능한 일이었다. 평야로 돌아가는 것 말고 그녀에게 남아 있는 방도는 없었다.

"부정을 씻어내는 게 왜 그렇게 중요한 거야? 그냥 도망치면 되잖아."

"엄마는 아빠가 어떻게든 우리를 찾아낼 거래. 벌써 평야에서 온 신비한 힘을 지닌 소녀에 대해 들었을 거라고 했어. 지금 할 수 있는 일은 두려움을 견디는 것뿐이야."

샤먼이 어느새 집 밖으로 나와 우리를 살폈다. 주름진 두 눈에 슬픔이 가득했다. 나는 샤먼에게 물었다.

"액운을 씻어줄 존재가 있다면 두려워하지 않고 이곳을 떠날 수 있나요?"

샤먼은 망설이면서도 고개를 끄덕였다.

"네, 우리에게 필요한 건 믿음뿐이니까요."

나는 망설이다가 샤먼의 집으로 향하는 사다리에 올라탔다. 내 아이들처럼, 나 역시 여섯 개의 발가락을 지닌 진귀한 존재였기에.

딸들을 이용해 액운을 씻어낸 많은 이들과 마찬가지로 두 사람에게 필요한 건 두려움을 이겨내는 힘이었다.

바다로 가는 길이 잡힐 듯 가까웠다. 내게 남은 것은 분노도, 연민도 아닌 그리움뿐이었다.

*

샤먼의 까뒤집어지던 눈, 곡소리 같던 음률과 혼절하던 영현의 모습이 떠오른다. 온몸이 고통으로 물든다.

걷는다. 하나, 둘, 셋, 넷, 다섯, 여섯개의 발가락이 모두 어긋날 때까지.

영현과 샤먼이 떠나고 있다. 이제 아무도 그들을 찾을 수 없을 것이다.

곧 아이들을 만날 수 있다.

*

나는 오랜 시간 뒤 말 위에서 눈을 떴다. 어깨 위엔 영현의 망토가 얹어져 있었다. 말을 몰고 있는 이는 처음 섬에 대해 알려주었던 노인이었다.

나는 지친 몸을 그에게 기댔다. 영현의 부드러운 몸과 달리 노인의 등은 단단했다. 나는 어쩐지 남편이 생각나 눈물이 났다. 더 이상 걸을 힘이 남아 있지 않았다. 영현과 대륙을 횡단하던 때가 먼 과거처럼 느껴졌다. 노인이 말했다.

"저기가 바다예요."

저 멀리 파도 소리가 들리기 시작했다. 우리는 정말 바다에 도착했다. 그는 말에서 내린 뒤 나를 실어줄 배를 찾아 해변의 한 지점으로 향했다.

나는 모래 위에 앉아 초록빛 바다를 살폈다. 짠 내가 사방에서 밀려왔다. 바다를 본 건 이번이 처음이었다. 바다는 강이나 호수와는 달리 마치 나를 집어삼킬 듯 매 순간 춤췄다.

잠시 뒤, 젊은 부부 한 쌍이 내 앞에 섰다. 노인의 모습은 보이지 않았다. 부부는 내 사정을 전해 들었는지 딱한 표정으로 나를 해변에서 일으켰다.

"어서 가요. 아이들을 만나야죠."

그들은 젊은 남자에게 뱃삯은 이미 받았으니 편히 자기들 배에 타라고 했다.

"젊은 남자라니요?"

나는 젊은 남자가 아니라 노인이었다고 말했지만 부부는 나를 안타깝게 여길 뿐이었다. 내가 보았던 노인이 그들의 이야기 속에서는 젊고 아름다운, 마치 내 남편을 닮은 남자로 바뀌어 있었다.

나는 노인이 사라진 곳을 보았다. 그제야 그가 남편이 보낸 마지막 전령, 혹은 그 자신임을 알아차렸다.

배로, 바다로, 다시 아이들의 품으로.

점처럼 보였던 섬은 시간이 지날수록 시야를 가득 메울 만큼 커졌다. 배는 해가 지기 전 섬 해변에 도착했다. 부부가 내 행운을 빌었다.

나는 배에서 내려섰다. 발가락 사이로 모래 알갱이가 파고들었다. 바닥은 온 힘을 다해 딛고 일어설 만큼 단단했다.

"아이들을 꼭 찾아내요. 끝까지."

부부가 말했다. 그들이 탄 배는 다시 바다로 멀어졌다. 나는 아이들을 찾아나섰다. 완전히 백발이 된 내 머리카락이 밀밭 위로 나부꼈다. 농사일하던 이들이 내 앞을 가로막았다.

"당신은 어디에서 왔습니까?"

나는 저 섬 너머 차탈회위크를 닮은 아름다운 도시를 지나, 너른 사막과 드넓은 평원, 위험한 호수와 강가의 마을을 건너, 아주 멀고 먼 땅에서 왔다고 설명했다.

"내 아이들을 빨리 찾아야 해요."

나는 내 양발을 보여주었다. 그들은 여섯 개의 발가락에서 눈을 떼지 못했다.

"누구를 찾아왔는지 알겠군요. 절 따라오세요."

가장 연장자로 보이는 남자가 나를 안내했다. 나는 그를 따라 한 마을로 향했다.

얼마 있지 않아 두 개의 검은 늪이 펼쳐졌다. 늪은 아주 거대했다. 늪 사이의 경계도 희미해, 하나의 검은 호수처럼 보였다. 나는 낮은 제단 앞에 멈춰 섰다. 나이 든 여성이 내게 다가왔다. 그녀는 이 마을에서 가장 현명한 자로, 내 아이들이 이곳에 온 첫날부터 그들을 돌봤다고 했다.

"그 아이들의 어머니시라고요."

여자가 말했다. 나는 그녀에게 아이들이 있는 곳을 추궁했다. 여자는 내 뒤편의 검은 늪을 가리켰다.

"아이들은 아주 오래전 당신을 위해 희생했어요."

"그게 무슨 뜻이죠?"

"아이들에게 믿음이 필요했단 뜻이에요."

여자는 내 아이들이 오지 않는 엄마를 그리워한 나머지 신께 소원을 비는 방법을 찾아 나섰다고 했다. 그 끝이 늪이었다.

"조금만 더 빨리 왔다면 좋았을 것을. 아이들은 더 이상 이곳에 없어요."

시간이, 혹은 호흡이 정지했다. 나는 눈앞의 검은 늪을 바라보았다. 단단히 버티고 있던 두 다리에서 조금씩 힘이 풀렸다.

"그 애들을 제물로 바치려고 수를 썼군요."

나는 제자리에 주저앉았다. 여자가 나를 부축했다. 그녀는 아이들이 처음 만났을 때부터 이미 너무 많은 액운을 막은 탓에 온몸이 검게 변해 있었다고 했다. 냉정히 말해 제물로서 쓸모가 없을 정도로.

"수를 쓰기는커녕 우리는 그 애들을 내치지도, 미워하지도 못했어요. 오히려 사랑했죠."

여자의 말에 따르면 그녀를 비롯한 마을 사람들은 똑같은 세 개의 옷과 세 개의 음식을 아이들에게 대접했으며, 아이들 역시 그들을 돕기 위해 해가 뜨기 전 일어났고 늦은 밤이 되어서야 잠들었다.

나는 주위에 몰려든 사람들을 바라보았다. 그들은 내가 여태 마주쳤던 많은 이들처럼 다정하고 순박해 보였다. 가장 보통의 사람, 가장 평범한 존재였다. 어디에도 특출한 악인은 보이지 않았다. 여자는 아이들을 보살폈던 손으로 내 흐트러진 백발을 정리해주었다.

"가끔은 잘못된 믿음이 가혹한 결과를 불러오기도 하죠. 하지만 당신은 어쨌든 이곳에 왔잖아요."

나는 여자에게 아이들이 마지막으로 무엇을 빌었는지 물었지만 여자도 그들의 소원이 무엇인지는 알지 못했다. 그건 아이들만의 비밀이었다.

나는 잠시 뒤 검은 늪 앞에 섰다. 무언가를 감지했는지, 여자가 내 앞을 막아섰다.

"이런다고 사라진 아이들이 돌아오진 않아요."

"하지만 적어도 믿음을 보여줄 순 있겠죠."

여자는 내 말을 듣고 침묵했다. 나는 넋이 나간 채 물었다.

"아이들이 정말 어느 늪에 뛰어들었는지 모르시나요?"

"이 늪과 저 늪, 두 개의 늪 중 한 곳에 몸을 던졌단 것만 알고 있을 뿐이에요."

나는 여자 앞에 무릎을 꿇었다. 품 안에선 여전히 곡물이 든 가죽 주머니가 흔들렸다.

"그렇다면 제 목을 자른 뒤 머리는 이쪽 늪에, 몸은 저쪽 늪에 던져주세요. 머리와 몸 중 어느 것 하나라도 그들에게 닿을 수 있게. 아이들의 믿음이 헛되지 않도록."

그게 숱한 시간이 지난 후에라도 아이들을 만날 수 있는 유일한 방법이었다. 나는 아이들을 위해 챙겨 온 가죽 주머니를 열고 내 땅의 곡물을 입에 머금었다. 돈과 미조와 다운을 다시 만난다면 그것을 입에서 입으로 전해주기 위하여.

여자는 깊은 고민 뒤, 영현이 내게 선물한 망토를 반으로 찢어 양쪽 늪에 나눠 던졌다.

"당신이 가고 있다는 걸 아이들에게 알려줄 거예요."

여자가 마을 사람들에게 무언가를 지시했다. 두려움

섞인 탄성이 곳곳에서 터져 나왔다. 나를 둘러싼 이들이 점차 많아졌다. 누군가가 나의 축복을 빌었다. 언젠가 평야를 메웠을 시원의 노래가 늪지 사람들의 입을 타고 울려 퍼졌다.

한 남자가 나를 제단 위로 안내했다. 그의 뒤로는 날카로운 칼이 번뜩이고 있었다.

나는 눈을 감았다. 노랫소리가 점점 높아졌다. 칼이 머리 위로 치솟았다. 나는 입술을 깨물었다. 몸에서 머리가 떨어져 나가는 순간 곡물들을 뱉지 않기 위해.

의식이 멀어지기 전, 남편의 속삭임이 들렸다.

"난 믿고 있어. 넌 반드시 아이들을 찾을 거야."

믿음. 그 단어가 다시 한번 나를 지탱했다. 둔탁한 충격과 함께, 붉고 따뜻한 액체가 얼굴 위로 쏟아졌다. 마치 대지를 적시는 비처럼.

반드시 아이들을 만날 것이다.

에필로그

스며들고 있다.

시간이, 퇴적물이, 생명체들이.

*

머리가 잘린 이후 오랜 세월이 흘렀다. 나는 여전히 품위가 폭력에 의해 폄하되지 않는 세상을, 수많은 비관에도 사라지지 않는 낙관을 꿈꾸며, 내가 배운 모든 것들을 아이들에게 전하려고 한다.

이것이 나의 마지막 투쟁이다.

작가의 말

올해 초 『그라이아이』를 처음 작업했을 때만 해도, 이 소설은 일정한 형식을 갖춘 이야기라기보다는 이미지에 가까웠습니다. 바다에서, 미술관에서, 혹은 카페에서, 외로운 사람들이 넘쳐나는 곳을 돌아다니며 보고 느낀 점을 마음껏 훔쳐다가 아슬아슬하게 쌓아두었던 것입니다.

이야기 쓰기는 조립 설명서를 앞에 두고 블록을 쌓는 작업과는 같은 듯 달라서, 몇 번이나 길을 헤맸습니다. 다시 땅을 다지고 누군가가 걸어갈 수 있는 길을 만들기 위해 처음에 적어두었던 목표를 여러 번 복기했는데, 그는 다음과 같습니다.

‘이것은 세 여자의 성장 이야기다. 폭력을 마주한 순간에도 그들은 어떻게든 자라난다. 그 성장은 다시 다른 딸들에게 전해질 것이다.’

불필요한 서사를 덜어내고 구조를 재조립하는 동안 봄과 여름이 지났습니다. 생업을 위해 쓰는 글쓰기와 즐거움을 위해 쓰는 글쓰기를 구분할 수 있다면, 『그라이아이』는 분명 후자였습니다.

곁에서 전 과정을 함께해준 윤소진 편집자님에게 특별한 감사의 말씀을 드립니다. 엮어서 모은다는 뜻의 편집編輯엔 편견을 고집하고 남의 말을 듣지 않는다는 동음이의어가 있습니다. 한 권의 책을 만든다는 건 편집編輯을 편집偏執하는 과정이며, 끈기를 발휘해야 하는 일임을 그는 알려주었습니다. 누가 또 내 글을 이렇게 마음을 담아 읽어줄 수 있을까? 자문할 만큼 뜻깊고 감사한 시간을 선사해주셔서 고맙습니다.

사람에게 다가서는 방법을 알지 못해 시작했던 글쓰기가 이토록 오래 저를 지탱할 줄은 몰랐습니다. 사람을 사랑해서 시작했으니 그 끝 역시 사랑이길 바랍니다. 마음을 한껏 표현하기 위해 이모티콘을 쓰고, 월요일을 싫어하면서도 꿋꿋이 일어나고, 때로는 술과 음식, 취미에 마음껏 몸을 던지는 모든 분에게 이 책을 바칩니다. 당신의 인생에서 당신이 주인공이라는 말보다, 부디 행복하라는 말을 전하고 싶습니다. 무책임한 위로와 쓸쓸함 사이에서 분투 중인 내게 오늘을 왜 살아내야 하느냐고 그래도 물으신다면, 그것은 불어오는 바람 때문이라고 하겠습니다.

오늘도 바람이 불고, 아마 내일도 바람이 불 것입니다. 기압 차이로 인해 공기가 움직이는 단순한 기상현상이 때때로 우리를 살립니다. 어쨌든 바람은 바람인 것입니다.

봄과 가을은 해가 갈수록 짧아지고, 혹독한 여름과 겨울은 늘어나고, 아무래도 이 세상에 남은 희망은 없어 보이겠지만 바람은 여전히 불어옵니다.

웅크렸던 어깨를 반듯하게 펴고 오늘을 버텨낸다면, 다음 작품에서 우리가 다시 만나는 기적이 일어나지 않을까요? 저는 그사이 오늘의 기온을 확인하고 강아지에게 밥을 준 뒤, 또 다른 이야기를 열심히 적어보겠습니다.

그러니까 계속합시다.

끝내지 말고, 계속 바람이 부는 곳을 찾아 서봅시다.

오늘도 꼭 안녕하시기를. 사랑하는 R과 B의 곁에서 인사를 보내봅니다.

안녕!

* 2023년 목포문학박람회 박화성소설상 부문의 심사 경위와 심사평은 『문학과사회』 2023년 가을호에서 전문을 확인하실 수 있습니다.